유산

유산 1 (큰글씨책)

초판 1쇄 발행 2019년 4월 10일

지은이 박정선
펴낸이 강수걸
편집장 권경옥
펴낸곳 산지니
등록 2005년 2월 7일 제 333-3370000251002005000001호
주소 부산광역시 해운대구 수영강변대로 140 BCC 613호
전화 051-504-7070 | 팩스 051-507-7543
홈페이지 www.sanzinibook.com
전자우편 sanzini@sanzinibook.com
블로그 http://sanzinibook.tistory.com

ISBN 978-89-6545-594-3 04810
978-89-6545-593-6 (세트)

* 책값은 뒤표지에 있습니다.
* 이 도서의 국립중앙도서관 출판예정도서목록(CIP)은 서지정보유통지원시스템 홈페이지(http://seoji.nl.go.kr)와 국가자료공동목록시스템(http://www.nl.go.kr/kolisnet)에서 이용하실 수 있습니다.(CIP제어번호: CIP2019012108)

유산 1

박정선 장편소설

산지니

차례

프롤로그

독백

허공마저도 장엄했다. 선생 앞에 서면 바람 한 줄도 거룩했다. 수개월 전부터 남산의 천년 묵은 소나무와 느티나무 숲에서 안중근 선생과 독대하기 시작했다. 동상을 올려다볼 때마다 선생은 나를 향해 빙그레 웃으시면서 “왜 사느냐?”고 물었다. 당나라 시인 이백의 시에 나오는 산중문답山中問答이 아니었다. 선생의 물음은 언제나 조용하면서도 폐부 깊숙이 파고들었다. 반드시 대답을 해야 하는데 대답하지 못했다. 대답은 늘 숙제로 밀렸고, 숙제를 안고 남산에 오를 때마다 죄송했다. 모든 것은 독립운동가 후손으로 태어나 하루하루 뼈를 깎는 처절한 삶과 싸우다 중년의 나이에 생을 마감한 김준호 때문이었다. 나는 그와 동시대를 살면서도 동떨어진 거리에 놓여 있었다. 그를 사랑하고 연민하면서도 그와 대척점에 놓여 있는 미묘한 거리를 극복하지 못했다. 당연히 그가 죽고 난 다음부터 혼란에 빠지고 말았다. 그가 죽은 것도, 그가 처절하게 살아야 했던 것도, 다 내 탓인 것만 같았다.

그런 이유로 내가 해야 할 바가 있는데 막상 무엇을 어떻게 해야 할지 몰라 갈팡질팡하다가 선생 앞에 서게 되었다. 하루 이틀 그리고 한 달 두 달……, 선생은 대답을 독촉하지도, 질문을 그만두지도 않았다. 나는 나대로 좀처럼 대답을 하지 못하면서도 선생을 만나러 올 때마다 남산공원 초입부터 가슴이 뛰었다. 선생을 만나면 가슴속 어디선가 나도 모르게 싹트는 용기 때문이었다.

선생은 갈수록 나를 측은하게 바라보면서 왜 사느냐고 물었고, 드디어 나는 우리 집안 내력을 이야기하기 시작했다. 마치 이른 봄 꽁꽁 얼어붙은 얼음이 녹아내리듯이 일제강점기 때 군수를 지낸 우리 할아버지와 경찰 간부를 지낸 작은할아버지를 이야기했다. 나는 이분들의 후광으로 별 불편한 것 없이 살아온 과거를 털어놓으면서, 마치 스승과 제자처럼 선생과 허심탄회하게 이야기를 나누기 시작했다. 그리고 차마 입밖에 꺼내지 못했던 질문까지 하게 되었다.

"사실 여쭈어보고 싶은 게 있습니다. 그러니까 세상이 친일파라고 비난하는 그들도 처음엔 다 애국자였다고 하는 사람들이 있습니다. 이완용을 비롯하여 을사오적 같은 사람도 처음엔 누구 못지않은 애국자였다고……."

"맞는 말이네. 그들이 애국자였을 때는 누구나 다 애국자였으니까."

"소설가 이광수는 조국과 민족을 위해 친일을 했다고 하죠. 예를 들면 호랑이를 잡으려면 호랑이 굴로 직접 들어가야 한다는 식으로……."

"그런데 자네 달리기 해봤는가?"

선생은 이광수 이야기는 아예 무시해버리고 말았다.

"그럼요."

"처음엔 앞장서서 달리다가 나중에 뒤처진 적 있었는가?"

"많았죠. 어쩌다 운이 좋으면 앞장서서 달릴 때도 있었지만 대부분 그랬으니까요."

"그럼 처음에 앞장섰던 점수를 쳐주던가?"

"세상에 그런 법은 없잖아요."

"그렇지. 세상에 그런 법은 없지."

선생은 유치원생만 돼도 아는 상식을 물었고, 그것이 나를 본격적으로 절치부심하게 만들었다. 달리기에서 처음에 앞장섰던 점수를 인정받을 수 없다는 것은, 범죄의 사유가 아무리 타당하고 불가피한 것이라 하더라도 범죄를 상쇄시키거나 범죄에 대한 정당성을 인정받을 수 없다는 것과 맞물렸다. 그쯤에서 나는 화들짝 놀란 것처럼 의식이 돌아왔다. 그러니까 내가 해야 할 일이 무엇인지 알 것 같았다.

"이젠 대답할 수 있을 것 같아요. 제가 무엇을 해야 하는지."

"그럴 줄 알았네."

"저를 믿어주셨군요."

"자네는 적어도 '사람이 왜 사는지' 그 이유에 대해 고민하는 사람이니까."

"그럼 말씀드릴게요."

"아니, 말하지 말게. 실은 다 알고 있었네. 자네가 무엇을 하고싶어 하는지, 그리고 지금까지 대답하지 못한 심정까지도."

"하지만 여전히 두렵기는 마찬가지예요. 제가 과연 그런 일을 해낼 수 있을지. 정말 끝까지 해낼 수 있을지."

"백번 이해하네. 나도 옛날에 그랬으니까."

"전, 별것 아닌 일을 가지고도 이렇듯 힘이 드는데 그 항일투사는 어땠을까요. 가족들과 자신의 운명, 무섭지 않으셨는지……."

"왜 무섭지 않았겠나. 나라고 왜 천만 가지 생각을 안 했겠나. 그런데 말이네."

그때 불덩이 같은 해가 동쪽 낙산을 딛고 불끈 솟아올랐다. 선생이 해를 바라보며 잠시 말을 멈추었다. 나도 해를 바라보았다.

"해는 날마다 떠오르지. 하루도 거르지 않고."

사람치고 해가 날마다 뜨는 불변의 진리를 모른 사람이 어디 있겠는가. 나는 새삼스럽다는 표정을 짓고, 선생은 엄숙한 표정으로 해를 응시하며 다시 입을 열었다.

"나는 아침마다 떠오른 해를 볼 때마다 마치 해를 향해 예의를 갖추듯 말이나 행동을 잠시 멈추는 버릇이 있다네. 내가 일곱 살 소싯적부터 살았던 황해도 신천 청계산에서 떠오르는 해가 워낙 찬란했던 탓인데, 그때부터 내 머리 위에 저 찬란한 해가 존재한다는 생각을 한시도 잊은 적이 없었지. 나를 졸졸 따라다니며 내 일거수일투족을 지켜보는 것 같아서."

"인간은 머리 위의 해를 피할 수 없다는 말씀이군요."

"문제는 그때 그런 일을 했던 나도 죽었고, 나라를 팔아 권세를 누리면서 한세상 거나하게 살았던 무리들도 다 죽었다는 것이네. 모두 저 해 아래서."

사람이 살다 죽는 건 당연한 일이므로 이번에도 나는 선생의 말뜻을 이해하지 못했다.

"어디 그들뿐이겠나. 조상의 후광으로 권력과 아울러 풍족한 삶을 누린 후손들도, 고난의 길을 택한 조상 탓에 고달픈 삶을 살아야 하는 후손들도 언젠가는 다 죽고 말걸세. 저 해 아래서."

"구약성서 전도서 말씀을 하신 거군요."

내 머릿속에 '내가 해 아래서 행하는 모든 일을 본즉 다 헛되어 바람을 잡으려는 것'이라는 구약성경 전도서 1장 14절이 떠올랐다. 머리 위의 해를 보지 못한 채 욕망의 노예가 되는 어리석은 인간을 향해 쏟아낸 이스라엘 왕 솔로몬의 말이었다. 왕이니만큼 부귀영화를 한 몸에 누린 솔로몬이 해 아래서 하는 것은 즐거움조차도 헛되다며 헛됨을 줄지어 열거한 것,

얼마나 허무한 한탄이던가. 그러면서 천하 모든 게 기한이 있고 모든 목적을 이룰 때가 있다고 했다. 심을 때가 있고 심은 것을 뽑아 버릴 때가 있고, 사랑할 때가 있고 미워할 때가 있고, 잠잠할 때가 있고 말을 해야 할 때가 있다면서 '때'를 무수히 강조했는데……. 김준호 목사, 대한민국에서 가장 가난한 목사였던 김준호는 생전에 이 내용을 자주 인용하면서 잠잠하기만 하고, 말을 해야 할 때 말을 하지 않고 행동해야 할 때 행동하지 않으면 죄악이라고 했다. 물론 이 말은 김준호가 하기 전에 이미 진리로 통하는 말이다.

선생의 말씀은 김준호가 했던 말과 일맥상통했다. 모두 나에게 하신 말씀 같았다. 아니 나에게 하신 말씀이었다. 나는 할아버지의 후광으로 햇볕이 잘 드는 양지에서만 살아온 후손이 아니던가.

"나라를 버린 대가로 권력을 누린 자들도 나라를 늑탈한 거두를 죽인 항일투사도 결국엔 다 죽게 마련인데, 그렇다면 그 항일투사는 무시무시한 거사를 왜 해야 했을까요? 그 절체절명의 선택 말입니다."

"인간의 유한한 생명, 인간은 해 아래서 영원할 수 없는 탓에, 어떻게 사느냐보다 어떻게 죽느냐가 더 중요하다고 생각하네."

"인간의 도리 말씀인가요?"

내 입에서 '인간의 도리'가 총알처럼 튀어나왔다. 선생은 갈

수록 내 양심의 정곡을 찔렀다.

"그 절체절명의 선택이라는 것도 그런 거였지. 내 민족 앞에 최소한의 도리를 하는 것, 그뿐이었네."

선생은 민족을 위하여 목숨을 초개처럼 버리는 것을 최소한의 도리라며 낮추고 또 낮추었다.

"그런데 그건 하늘이 내린 행운이었네. 자칫했으면 기회를 다른 동지에게 빼앗길 뻔했으니."

"행운이라니요?"

나는 선생께서 이번에도 겸양으로 하신 말씀인 줄 알면서도 하늘이 선생에게 내린 행운, 아니 운명이 어떤 것이었는지 궁금했다. 그리고 그것은 나에게도 어떤 운명적인 영향을 줄 것만 같은 생각이 들어 마음을 더욱 가다듬고 귀를 기울였다.

"내가 북만주에서 대동공보사라는 신문사의 임시 기자로 잠시 있을 때였는데 뜻밖에 이토가 하얼빈으로 온다는 낭보가 날아들었네. 우리는 급히 4인조 특공유격대를 조직하고 내가 특공대장이 되어 이토를 저격하기로 계획을 세웠지. 기차가 하얼빈으로 오는 도중 중간에 있는 채가구蔡家構 역에 일단 서게 되어 있는 탓에 우덕순 동지가 거길 담당하기로 하고 나는 하얼빈 역을 담당하기로 했지. 그렇게 각자 구역을 담당하고 그를 기다리는데, 마치 하얼빈 역에서 내가 목마르게 기다리고 있다는 걸 환히 아는 것처럼, 기차가 채가구 역을 무시한 채 하얼빈 역으로 그냥 들어와 주지 뭔가. 이거야말로 하늘이 내린 행운이 아니고 뭐겠나."

하얼빈 역에서 이토를 목마르게 기다렸을 선생을 상상하자 문득 백의종군으로 노량해전에서 승리를 거두고 최후를 마친 이순신 장군과 선생의 최후가 흡사하다는 생각이 들었다.

그러니까 10대 때부터 부모님과 함께 항일투쟁을 했던 수많은 사연은 차치하고, 선생은 국내를 떠나 해외 최초로 블라디보스토크에서 3백여 명의 항일의병군을 결성했다는 것부터 '장군'의 삶이었다. 선생의 부대는 일본군과 혈전을 벌이면서 승전을 거듭했음에도 결국엔 불가항력으로 일본군에게 참패를 당하고 말았다. 선생은 다시 부대를 조직하여 일본군과 대항전을 벌이는 것이 꿈이었지만 현실적으로 어려웠다. 하는 수 없이 항전을 다음으로 미루고 1909년 정월, 동지 열한 명과 함께 단지동맹이라는 비밀결사대를 조직했다. 선생이 먼저 왼손 약지를 잘라 붉은 피로 태극기에 '대한독립'이라는 글자를 쓰고 훗날을 기약하며 헤어졌다. 그런데 좀처럼 부대를 일으켜 일본군과 싸울 방법이 보이지 않았다. 초조해진 선생은 일단 북만주에서 애국지사들이 운영하는 신문 대동공보사 임시 기자로 들어갔다. 그리고 어느 날 이토 히로부미가 하얼빈으로 온다는 정보를 알아냈고, 선생은 소원대로 대승을 거둔 것이었다.

"그 항일투사의 소원대로 결국 대승을 거두었지만, 상상만 해도 떨려요. 이토의 가슴을 향해 총구를 겨눈 심정, 그 찰나의 순간이 어떠했을지."

"그보다도 내가 쏜 세 발의 총알이 요란한 환영인파를 뚫고 이토의 심장에 정확하게 명중했을 때의 감동, 그걸 짐작할 수 있겠는가. 총알이 마치 춤을 추면서 이토의 심장을 갈기갈기 파열시킨 것 같았네. 그때 내 심장은 이토의 심장 열 배로 파열되었지. 감당할 수 없는 희열 때문에."

"그 무시무시한 순간이 감당할 수 없는 희열이었다니요?"

"내 조국이 마치 어머니처럼 머리를 쓰다듬어주는 그런 기쁨을 감당할 수 없어 춤이라도 추고 싶었지."

"그건 항일투사 자신을 조국에 바치는 희열이었을까요?"

"바로 맞추었네. 일제의 거물 하나 없앤다고 하여 달라질 게 없었으니까."

"사형 선고가 내려졌을 때 재판장을 향해 '사형보다 더한 것은 없는가?'라고 물어 법정을 서늘하게 만드셨다는 말씀을 이제야 이해할 수 있을 것 같아요."

"그런 식의 사형은 단순 살인범의 죽음일 뿐이었으니까. 우리 국민의 숨통을 짓밟은 이토 히로부미의 죄상, 아니 일제의 죄상이 하늘을 찌르고도 남는데 단순 살인이라니 어이없지 않은가."

"그런데 사형 외에 무엇이 또 있을까요?"

"세계만방 햇빛 찬란한 허공중에 내 몸을 효수라도 하여 일제를 응징한 항일투사라고 선전해 주기를 바랐네. 대한제국의 항일의병 안중근이 왜 일본의 거두 이토 히로부미를 죽여야 했는지를, 생각해 보게. 자기 조국을 늑탈한 원흉을 죽인 대가로 그들만 아는 어느 구석진 사형장에서 모든 걸 끝내버린다는 것, 너무 억울하지 않은가."

옳은 말씀이었다. 선생은 엄연히 당시 2천 4백만 조국의 국민을 대표하여 이토 히로부미를 저격했으므로 그건 법률상 전쟁 중 적을 사살한 것과 마찬가지였다.

"아하 이런, 부질없이 내 이야기를 너무 길게 늘어놓았군. 지금 중요한 건 자네 일인데. 자네야말로 혼자 고독하게 그 길을 가야 할 텐데 말이네."

선생은 내가 무척 염려가 되는 모양이었다. 나는 나약하기 짝이 없는 존재이니 그럴 것이었다. 생각해 보면 선생께서 이토 히로부미를 사살한 그 위대한 거사를 하늘이 내린 행운이라면서 자신을 낮추어 말씀하신 것도 나에게 하늘의 뜻이 무엇인지를 알게 하려는 배려일 것이었다. 나는 어느덧 폭포수 같은 용기가 솟구쳐 올랐고, 나의 결단을 보여 줄 양으로 중대한 말을 꺼냈다.

"이번에도 제가 일을 실행에 옮기지 못한다면, 다시는 이곳 항일투사 앞에 서지 못할 것입니다. 다시는 찾아오지 못할 것입니다."

"그렇지 않네. 설사 또다시 포기한다 하더라도 자네는 이미 나와 동지가 되었다는 사실을 잊지 말게. 자네가 지금까지 고뇌하며 계획한 것, 그것 자체만으로도 충분하니까."

"천부당만부당하신 말씀입니다. 제가 감히 그 위대하신 항일투사와 동지가 되다니요."

"천부당만부당하지 않네. 자네는 지금 내가 이토를 제거한 것보다 더 어려운 일을 시도하고 있지 않은가. 정말 어려운 일을."

선생은 잠시 말이 없었다. 그러다가 무거운 표정으로 다시 말을 이었다.

"내가 만약 자네라면 난 자신 없네. 이토는 제거할 수 있지만 자네처럼 가문을 버릴 자신이 없다는 말이네. 자네는 지금 할아버지의 명예와 할아버지가 일구어 놓은 가문을 버리려고 하지 않은가. 그러나 명심하게. 일의 성공 여부는 중요하지 않다는 걸."

선생의 마지막 말은 더 이상 흔들리지 말고 반드시 해내라는 당부로 들렸다. 그러고 보니 선생 동상 앞에서 다짐한 게 이번이 세 번째였다. 우리나라 사람들이 목표를 이루기 위해 마지막 마지노선으로 잡는 일명 삼세 판에 직면한 것이었다. 선생께 하직 인사를 하고 산을 내려오다가 다시 뒤돌아봤다. 찬란한 아침햇살에 선생 얼굴이 거룩하게 빛나고 있었다. 분명히 그 거룩한 얼굴로 내가 하는 일을 끝까지 지켜볼 것이었다.

고향으로

나도 아버지처럼 왼손을 사용하려고 애썼다. 오른손이 왼손보다 힘이 세기 때문이었다. 아버지는 왼손잡이였다. 그렇다고 모든 게 왼손잡이는 아니었다. 숟가락 젓가락질은 오른손이면서 칫솔질이나 가위질, 칼질 따위는 왼손이었다. 연필은 오른손인가 하면 그림을 그릴 때 붓은 왼손으로 잡았다. 알고 보니 아버지는 타고난 왼손잡이가 아니었다. 일부러 힘을 양쪽에 분배하기 위해서였다. 아버지는 사람에게 좌우가 있는 것은 양쪽이 서로 협력하여 중심을 잡으라는 것이라면서, 무거운 짐을 들 때도 오른손보다 왼손으로 들려고 애썼다. 나도 아버지처럼 해 보고 싶었다. 똑같은 무게를 왼손으로 들면 더 무거웠다. 왼손이 오른손보다 힘이 약한 탓이기보다는, 늘 오른손만 사용한 탓일 것이었다. 그런데 다리는 그렇지 않았다. 왼쪽

힘과 오른쪽 힘이 똑같았다. 아버지는 '그래서 사람이 중심을 잡고' 걸어가는 거라고 했다.

— 아버지가 그리운 날

이함……, 수십 억 인구 중에 오직 하나밖에 없는 내 이름이 입 밖으로 흘러나왔다. 흘러나온 게 아니라 내가 내 이름을 불렀다. 스스로 자신의 이름을 부른다는 것은 아주 사소하거나 예사롭지 않는 일이다. 어쩌면 며칠 후, 혹은 내일모래라도 내 이름이 신문, TV, 인터넷 등 각종 언론에 일파만파 퍼질지도 모른다는 생각 때문일 것이다. 그런 생각을 하면서 먼 여행을 가는 것처럼 어제부터 전화기도 꺼 놓은 채 집안을 정리했다. 그동안 아무렇게나 늘어놓았던 옷가지를 개어 서랍장에 넣고, 여기저기 널려 있는 신문을 모아 한쪽으로 치우고, 주방도 깨끗하게 정리하여 그릇 따위가 보이지 않도록 모두 챙겨 넣었다. 거실이며 방마다 커튼도 닫았다. 이런 일들을 다 끝낸 다음 거울 앞에 서서 나를 바라보며 태어나 처음으로 내 이름을 내가 불러 본 것이다.

다시 거울에 비친 내 얼굴을 유심히 바라보았다. 얼굴에 분명히 비장함이 흘렀다. 비장함을 바라보면서 이번이 '세 번째' 결심이라는 걸 애써 의식했다. 그동안 두 번이나 결심을 시도해 보았지만 실행에 옮기지 못한 탓이다. 나의 뿌리인 할아버지를 버린다는 것, 차마 그럴 수 없었다. 할아버지를 생각해서라기보다 '나' 때문이었다. 나의 사회적 체면과 자존심이 아직 시퍼렇게 살아 있는 탓이었다. 그런데 이번에는 얼굴에 드러난 느낌부터 달랐다. 앞의 두 번은 정신없이 타오른 천도의 고열이었다면 지금은 냉엄함, 얼음장처럼 차가움이 자리 잡고 있었다. 엄마는 가끔 "넌 냉정하기 짝이 없어. 지독하게 차갑다는 거 아니? 천년 묵은 얼음장처럼."이라고 하며 몸서리를 쳤다. 내 속에 그런 게 존재한다면 다행이 아닐 수 없다. 나는 지금부터 천도의 불길로도 녹일 수 없는 천년 묵은 얼음장이 되어야 하기 때문이다.

반드시 그래야 한다는 결심을 굳히면서 서재로 들어갔다. 평소 출퇴근할 때나 외출할 때도 뭔가 빠진 듯한 빈 구석을 메우기 위해, 맨 마지막으로 들어가는 곳이 서재이다. 내가 살아온 주거 공간 가운데 서재는 읽고, 쓰고, 생각하는 정신적 충전소였으므로 안방이나 거실 주방 등과는 전혀 다른 의미를 갖고 있다. 책장에 꽂혀 있는 책들을 눈으로 훑다가 책 속에 마치 감추어 둔 것처럼 깊숙이 꽂혀 있는 연이 고모 일기장에 눈길이 멈췄다. 아버지의 사촌 여동생이니 친고모는 아니지만 나는 촌수를 뛰어넘어 일기장을 통해 그분과 소통해 왔기 때문이다. 그리고 그 소통은 나에게 이 중차대한 결심을 하도록 종용했다고 해도 과언이 아니므로 고모 일기장을 꺼내 가방에 넣었다.

이렇게 집을 떠날 모든 준비를 끝낸 다음 현관에 서서 집과 인사를 나누었다. 독신생활을 하는 나는 평소에도 집을 나서거나 들어올 때마다 집에게 인사를 했다. 나갈 때는 구두를 신은 다음 현관에 서서 "갔다 올게"라며 인사를 했고, 귀가했을 때는 현관에서 구두를 벗기 전에 "나 왔어"라고 했다. 집은 내 말을 알아듣는 것 같았다. 나갈 때는 자못 서운한 표정으로 나를 보내고, 들어올 때는 하루 종일 기다렸다는 듯이 반갑게 맞아 주었다. 집이란 철근, 벽돌, 목재, 유리 따위로 지어진 부동의 사물만은 아니었다. 거기에는 인간의 감정을 닮은 무언가가 살고 있었다. 내가 행복할 때 기뻐했던 것, 때론 밤새워 고뇌했던 것, 어떤 일로 분노했던 것 등등, 그동안 내가 살아온 갖가지 감정과 숨결을 다 흡수하고 있었다. 내가 태어나 자란 고향 집도 마찬가지였다. 일 년에 두 번 제사를 지내러 가는 고향 집은 할아버지를 고스란히 느끼게 했다. 옛날에 지어진 육중한 대문에서부터 서너 채 기와집과 넓은 마당을 돌아 뒤뜰 대나무 숲까지 근엄함을 그대로 지니고 있는 우리 집은 할아버지 그 자체라고 해야 옳다. 그러므로 우리 고향 집은 고향 사람들도 함부로 여기지 않았다. 그것은 다름 아닌 우리 할아버지에 대한 존경심과 우리 가문에 대한 경외심이었다.

인간이 살아가는 집이란 그런 거라는 생각을 하면서 마치 독립운동을 하러 가는 투사처럼 결연한 심정으로 현관을 나섰다. 독립운동이라면 그 옛날 우리 할아버지가 했어야 했는데 말이다. 정말 독립투사라도 된 것 같은 기분으로 차에 시동을 걸어 놓고 잠시 생각에 잠겼다. 바로 고향으로 갈까, 아니면 엄마를 보고 갈까, 망설였다. 불쑥 삿갓 시인 김병연이 떠올랐다. 1800년대 초반 조선 후기 순조 때 사람이었으니 나와는 200년 이상의 시간차가 나는데도 동시대 사람처럼 느껴졌다. 일종의 동병상련 같은 것, 나와 비슷하다는 동질감 때문일 것이다. 본의든 아니든 자신의 할아버지를 능멸했다는 김병연이 마지막으로 길을 떠날 때 가족들이 살고 있는 집을 찾았던 것처럼 나도 엄마를 보고 가기로 마음먹고 엄마 아파트로 차를 몰았다. 그리고 김병연은 한밤중 가족들이 곤히 자고 있는 집 사립문 밖에서 홀로 하직을 하고 어디론가 홀연히 사라져 버리고 말았다지만 나는 평소처럼 태연하게 엄마 아파트로 들어갔다.

엄마는 햇살 좋은 창가에 앉아 NK면역세포를 강화시켜 준다는 차가버섯차를 마시고 있었다. 투명한 유리잔에 위스키처럼 우러난 밝은 갈색 물빛이 보기만 해도 건강에 좋을 것 같았다. 고급을 뛰어넘어 귀족스럽게 보였다. 엄마는 생활 전반을 건강에 올인 한 탓인지 팔십대답지 않게 주름 없는 얼굴에 윤기까지 흘렀다. 입고 있는 옷도 다만 색상과 무늬가 혼란스러울 뿐, 젊은 사람들이 입는 럭셔리한 스타일이다. 단번에 준호 어머니와 비교가 되었다. 불구가 된 몸으로 평생 고생만 하다 세상을 떠나 버린 준호 어머니는 가난의 상징처럼 내 머릿속에 각인되어 있는 탓이다. 준호 어머니뿐만 아니라 나는 이런 경우 준호네와 우리 집을 전체적으로 비교하는 버릇이 있다. 어려서부터 보아 온 준호네와 우리 집은 음지와 양지처럼 대조를 이루었다. 준호네는 '가난이란 이런 것'이라고 설명이라도 하는 것처럼 구구절절 뼈저리게 가난했다. 엄마는 걸핏하면 '예로부터 가난은 조상 탓'이라고 하면서 조상의 선택에 따라 자손의 운명이 결정되는 법이라고 했다. 백번 맞는 말이다. 생각해 보면 준호네는 가난할 이유가 없었다. 조상이 물려준 재산이 우리 집을 능가했기 때문이다. 그런데 준호 할아버지가 일제강점기 때 재산을 나라 찾는 데 다 바쳐 버리고 말았다. 우리 할아버지와 전혀 다른 선택이었다. 엄마 시각에서 보면 그건 어리석기 짝이 없는 선택이었다.

행복한 우리 엄마는 차를 마시면서 스마트폰에서 무언가를 검색하고 있었다. 보나 마나 건강에 대한 정보를 찾는 중일 것이었다. 정말 행복해 보였다. 올해 81세인 엄마는 피부 관리, 체력 관리, 건강 관리를 전담해 주는 병원 회원권을 갖고 있다. 피부를 20, 30대처럼 탱탱하게 해 준다는 태반주사, 세포를 재생시켜 준다는 신데렐라주사, 얼굴을 백옥처럼 희게 해 준다는 백옥주사를 맞는가 하면 트레이너가 일대일로 붙어 운동을 시켜 주는 비싼 퍼스널 트레이닝을 하고 있다. 나는 속으로 '이렇게 팔자 좋은 할머니가 세상에 또 있을까!' 하는 생각을 하면서 엄마 앞에 앉았다. 엄마는 나를 보자 찻잔을 탁자에 내려놓으며 화들짝 반겼다.

"우리 판사님께서 대낮에 웬일이신가?"

사실 엄마는 반가움보다 놀라움이 더 컸다. 내가 대낮에 엄마 앞에 나타난 것은 놀라고도 남을 일이다. 오전 10시면 나는 법원에서 재판을 하고 있어야 할 시간이기 때문이다. 그런데 딸을 꼭 '판사님'이라고 불러야 할까? 과시욕이 강한 엄마는 주위에 단 한 사람만 있어도 나를 반드시 판사님이라고 불렀다. 매사에 아들딸 자랑인 엄마는 맏이인 내가 판사라는 것부터 시작하여 아들 하나는 외교부 공무원, 하나는 유명세를 떨치는 의사라는 것을 기회만 있으면 남에게 자랑을 해야 직성이 풀린 성미다. 그럼에도 교수인 막내 여동생 복이 말은 좀처럼 꺼내지 않았다. 복이 친구 어머니들이 "복스럽게 생긴 딸, 복이 잘 살아요?"라고 물으면 "그래, 잘 살아."라고 간단히 얼버무리고 마는 것이었다. 복이는 매사에 하고 싶은 말, 해야 할 말을 반드시 해야 하는 성미이고 그것이 종종 엄마를 불편하게 만든 탓이다.

자랑은 반드시 들어 주는 대상이 있어야 하는 것, 집안에 누가 있지? 하고 생각해 보았다. 도우미 아줌마가 있었다. 도우미 아줌마는 이른 아침부터 출근하여 늦은 밤까지 일을 하는 50대 중년 여성이다. 마지막 조선 왕조 고종 때 조 대비 가문의 조 씨라는 걸 자랑하는 엄마는 품위와 권위, 가문의 위계와 내력을 중시하는 분이다. '옛날 같았으면'이라는 말을 자주 거론하면서 자신의 처지에 대해 불만을 터트린 것이다. 옛날 같았으면 도우미가 출퇴근하는 게 아니라 하루 종일 졸졸 따라다니면서 하나부터 열까지 시중을 들어 줄 텐데 세월이 이렇게 만들었다는 것이다.

불만은 계속 이어진다. 혼자 40평대 아파트에서 사는 것, 과히 나쁘지 않은데도 비좁은 아파트에서 사는 것이 엄마를 슬프게 한다는 것이다. 물론 혼자 사느라 적적하다는 건 인정해야 한다. 그래서 버릇처럼 일주일에 한두 번은 꼭꼭 백화점에 나가 쇼핑을 즐기는 것을, 무료한 탓이라고 여겨 단 한 번도 과소비라는 말을 입 밖에 내지 않았다.

"영하 50도 시베리아 숲에 있는 자작나무 심장이래. 꾸준히 마시고 있지?"

자식에게도 무언가를 자랑하기를 좋아하는 엄마는 나에게 차가버섯차를 따라 주면서 차가버섯부터 자랑을 시작했다. 6개월 전쯤에 시베리아 자작나무에서 생성된 차가버섯을 러시아에 다녀온 지인으로부터 구입했다면서 나에게 준 적이 있었다. 나는 먹는 둥 마는 둥하다 말았지만 열심히 먹고 있다고 대답했다.

"하루도 거르지 않고 마시고 있어요. 자작나무 심장."

"아무나 이런 진품 못 구한다. 시중에 나와 있는 것과 비교하면 안 돼. 그런 건 다 가짜야. 이건 백년 묵은 거야. 다른 사람에게 한 방울도 주지 말고 너 혼자만 마셔."

"한 방울도 안 줬고, 안 줄 거니까 염려 마세요."

오늘도 엄마는 남에게 단 한 방울도 주지 않으려는 욕망과 남의 것은 다 가짜이고 자기 것만 진짜라고 믿는 이기심을 유감없이 드러냈다. 나는 변함없는 엄마의 욕망 앞에 할 말을 잃고 말았다.

"어제 백화점에 다녀왔다."

엄마는 차가버섯 자랑을 그쯤에서 멈추고, 이번에는 옷 자랑으로 넘어갔다. 시간이 길어질 거라는 건 처음부터 짐작했지만 엄마 자랑은 쉬이 끝날 것 같지 않았다. 그렇더라도 앞으로는 엄마 자랑을 지금처럼 편하게 듣지 못할 수도 있다는 생각에 마음의 여유를 가지려고 애쓴다.

"백화점에서 아직도 엄마에게 손님 대접해 주나 보죠?"

"앤, 무슨 소릴 하는 거야. 내가 나타나면 버선발로 뛰어나와 반기는걸. 명품관 아이들 사람 알아보는 거 여우들이잖아."

엄마는 나와 단둘이 있을 때는 '앤'라고 불렀다. 그럴 때면 비로소 나를 낳아 준 엄마 같다는 생각이 들었다.

"뭘 하시든 치매만 걸리지 말아 주세요."

"넌 어려서부터 불필요한 걱정을 하는 버릇이 있다니까. 김박사가 그러는데 치매 그거 아무나 걸리는 병이 아니라는 거야. 솔직히 말하면 가난하고 짓눌리고 억울하게 산 사람들에게 일어나는 일종의 한恨 병이래. 그런데 나 같은 사람이 왜 그런 병에 걸리겠느냐고 하시더라."

김 박사는 엄마에게 타고난 건강미인이라면서 추켜세워 주는 분이다. 엄마는 감기가 유행한다는 뉴스가 뜨기 무섭게 병원을 찾아가 마치 김 박사가 감기를 쥐락펴락하기라도 하는 것처럼 감기를 막아 달라고 부탁을 하고 그때마다 김 박사로부터 칭찬을 듣게 마련이다. 그래서 김 박사 병원에 다녀온 날에는 마치 축제나 무슨 파티에 갔다 온 것처럼 기분이 좋아진다. 나는 그런 엄마를 바라볼 때마다 칭찬이 인간에게 가장 좋은 특효약이라는 걸 실감했다.

누가 말해 주었든지 과학적 근거는 차치하고, 치매는 엄마처럼 한평생 누리면서 살아온 사람들과는 무관할 것이었다. 남을 부리면서, 부족한 게 없고, 가슴에 맺힌 게 없고, 분한 게 없는 사람들에게는 머리에 충격된 것이 없으니 치매와 상관이 없을지도 모를 일이다. 그런데 엄마도 한이 많았다. 젊어서 어려운 시집살이를 했다는 것, 할머니가 할아버지의 작은댁 때문에 스트레스 받는 것을 엄마에게 풀었다는 것, 할아버지를 찾아오는 손님들이 많아 술상 차리느라 늙어 버렸다는 것, 할아버지가 작은댁 아들을 더 사랑한 탓에 알짜 재산이 그쪽으로 모조리 쓸려 갔다는 것 등등이 한이라면 한이었다. 작은댁 사람들 재산이 지금은 우리와 비교조차 할 수 없는데, 그것 때문에 엄마의 불만은 아직도 현재진행형이다. 그때 그 재산만 빼앗기지 않았어도 지금 이런 식으로 살지 않을 거라면서 걸핏하면 푸념을 늘어놓지만 그들은 우리 가문의 약자였다. 내가 어릴 때 본 작은댁 사람들은 우리 앞에서 좀처럼 기를 펴지 못했다. 함께 식사를 할 때도 조심스럽게 밥숟가락을 놀렸고 말도 조용히, 행동도 조용히 했다. 나는 그들의 조용한 모습을 볼 때마다 "우리는 뭐고 저들은 뭐지?"라는 생각과 함께 가슴 속 어딘가 알싸해지는 느낌을 지울 수가 없었다.

"이거 며칠 전에 산 건데 너 입으렴."

엄마는 바람처럼 가벼운 시폰 블라우스를 꺼내 들고 나에게 자랑을 했다. 혼란스러운 꽃무늬뿐만 아니라 명품이라는 그 자체가 전혀 내 취향이 아니었다. 내가 지금 평소 상태라 하더라도 갖고 싶은 생각이 추호도 없는 물건이었다.

순간, 엄마의 변함없는 붙박이 태도에 짜증이 났다. 엄마는 언제나 상대방 의사를 물어본 다음에 자신의 생각을 말해야 하는 상식을 뛰어넘었다. 자신의 소유를 남에게 줄 때 나눔보다는 자신을 과시하는 기분에 취하는 탓이었다. 도우미 아주머니에게도 싫증 난 것이거나 사이즈가 맞지 않아 입지 못한 옷을 골라 주면서 "이거 좀처럼 구경하기 힘든 명품이야."를 덧붙였다. 그 정도는 그래도 봐줄 만한 편에 속한다. 유통기한이 임박해 오는 고가 건강보조식품을 버리기 아까워 마치 귀찮은 쓰레기를 처리하듯 주면서도 "이거 수입품인데, 아무나 못 사 먹는 거야. 아줌마 월급 한 달 치는 족히 될걸."이라며 고가를 과시했다. 나에게도 마찬가지였다.

"값이 얼만지 아니? 판사 월급으론 이런 옷 못 사 입는다.

준다고 할 때 냉큼 받아 챙겨."

"난 그렇게 비싼 옷 좋아하지 않잖아요. 잘 아시면서 그러세요."

"넌 그게 탈이야. 그러니까 아직까지 결혼을 못하지. 여자는 판사 아니라 대통령이래도 여자의 본질을 숨기지 못하는 법이야. 몇 년 전 우리나라 여자 대통령도 반드시 상의 뒷목 깃, 딱 세워 올리고 왼쪽 어깨에 브로치 달고 나오지 않던. 미국 힐러리도 그렇고, 독일 메르켈 총리도 그렇고 외국 유명한 여성들 모두 왼쪽 어깨에 주먹만 한 브로치 꼭꼭 달고 나오잖아. 아무튼 넌 별종 중 별종이라니까. 정말 내가 낳았는지 가끔 의심스럽다는 거 아니?"

"내 나이 내일모래면 60이에요. 이젠 포기할 때도 됐잖아요."

"아니야. 이젠 결혼 적령이 60이래. 엊그제 뉴스에서 흰머리 처녀 총각이 30만 명에 도달했다고 하더라. 얼마나 위로가 되던지. 아무튼 여자가 독신으로 늙는 다는 건 우리 가문에 있을 수 없는 일이야."

나도 신문에서 읽은 기억이 났다. 60대 이상 미혼 인구수가 매년 두 배로 늘고 있는데 2013년에 14만이 넘었다고 했다. 그렇더라도 불과 2, 3년 사이에 30만을 채웠을 리 없는데 엄마의 과장은 너무 심했다. 문제는 내 삶 자체보다도 가문 때문이었다.

"가문을 생각해야지."

"도대체 언제까지 가문, 가문 할 거예요. 달나라로 여행 가는 시대에."

"달나라든 별나라든 그게 우리와 무슨 상관이야. 아무튼 올해는 결혼해야 한다. 그래도 환갑은 넘기지 말아야지. 이건 내 뜻이 아니라 니 할아버지 뜻이야. 돌아가셨다고 할아버지의 뜻이 사라진 게 아니다. 오히려 더 거룩해지는 법이지."

엄마가 강조하는 할아버지의 뜻은 마치 종교적 신념처럼 우리 가문에서 받들어 모시는 할아버지의 정신이다. 그런데 그 정신이 사라지는 게 아니라 더 거룩해져야 한다는 말에 나는 예민하게 반응하고 말았다. 나는 지금 우리 가문의 정신을 해체하기 위해 집을 나섰기 때문이다.

"너희들이 잘된 것도 다 할아버지 은덕이야. 그리고 할아버지께서 함이 널 가장 귀애하셨다는 거 잊었니? 널 가문의 기둥으로 여기셨다는 거 말이다."

"그건 내가 엄마보다 더 잘 알아요. 그렇지만……."

나는 말을 멈추고 말았다. 지금 엄마와 그런 논쟁을 할 처지가 아니었다. 또 자칫 지금 내가 하려는 일을 조금이라도 눈치채게 했다가는 일을 망치고 말 것이었다. 엄마는 매사에 눈치가 비상했다. 털끝 만큼이라도 이상 징후가 보이면 일단 의심부터 하면서 앞뒤를 재고 분석하는 용의주도함이 뛰어났다. 그래서 이해득실에 따라 가까이 해야 할 것과 멀리 해야 할 것을 재빨리 간파하여 행동에 옮기는 그런 분이다.

"참, 그 빨갱이 집안은 꿈에도 생각하지 마."

어김없이 준호를 꺼내 들었다. 준호는 2년 전에 죽었고, 엄마는 준호가 죽었다는 사실을 아직 모르고 있는 탓이다. 내가 어려서부서 느낀 엄마, 엄마는 준호네를 마치 상대를 죽여야 내가 사는 정적처럼 완강하게 미워했다. 그런 엄마에게 준호가 죽었다는 말을 할 수도 없거니와 할 필요도 없었다.

"엄만 동정심도 없어요. 준호네가 가엾지도 않냐구요."

나는 이번에도 부지불식간에 금기어를 내뱉었을 뿐만 아니라 화를 냈지만 다행히 엄마는 다른 시비를 달지 않았다.

"윤태영 판사와 결혼하는 거다. 윤 판사가 아직까지 왜 독신으로 있겠니. 널 기다리는 거지."

"윤태영은 그냥 선배이고 교회 친구라고 수십 번 말했잖아요."

"넌 니 아버지를 닮아서 큰일이야. 순진하고, 어리석기 짝이 없고, 세상 물정 모른 채 밤낮 남 생각만 하는 니 아버지 말이야."

나는 오늘도 엄마를 닮지 않고, 아버지를 닮은 것을 다행이라고 생각한다.

아버지는 언제나 합리적이었다. 엄마 말대로 아버지는 남에게 배려하기를 좋아했고, 언제나 상호 협력을 중시했다. 사람에게 오른쪽과 왼쪽이 있는 것은 양쪽이 협력해 중심을 잡으라는 것이라면서 왼손을 오른 손 못지않게 사용하려고 애썼다. 예를 들면 오른손으로 펜을 잡는다면 그림 그리는 붓은 왼손으로 잡았고, 숟가락 젓가락질은 오른 손으로, 칫솔질이나 가위질 칼질 따위는 왼손으로 하는 식이었다. 엄마는 쓸데없는 짓이라며 핀잔을 주었지만 아버지는 힘이 한쪽으로 몰리는 것은 결코 좋지 못한 것이라고 했다. 정치권력도 한쪽으로 힘이 쏠리게 되면 나라가 옳은 방향으로 성장할 수 없다고 했다. 바다를 항해하는 배가 좌현 우현에 짐을 나누어 실 듯이 정권도 이쪽 저쪽이 교차하여 잡아야 힘의 균형이 이루어져 나라가 올바르게 굴러가는 법이라고 했다.

그런 생각을 하는 아버지는 생각이 전혀 다른 할아버지와 갈등할 수밖에 없었다. 아버지는 경제학을 공부하여 대학 강단에 섰지만 오로지 교육자일 뿐 명예를 탐하지 않았다. 그런데 할아버지는 아버지가 정치를 하길 바라면서 다각도로 애를 썼지만 아버지는 독재 정치를 비판하면서 옳은 교육자가 되지 못할 바엔 그림이나 그리면서 살기를 원했다. 이상했다. 할아버지의 아들인 아버지는 할아버지와 다른 방향을 추구하는데 며느리인 엄마는 할아버지의 뜻을 이어가려고 애썼다. 아버지는 할아버지의 그늘을 벗어나 앞으로 나아가려 한다면 엄마는 할아버지의 그늘을 벗어나지 않으려고 안간힘을 쓰는 것이었다.

"니 아버지는 사사건건 할아버지 뜻을 거부했다. 대통령이 독재를 하든, 유신을 하든 내가 출세하고 봐야지. 도무지 말이

통하지 않았다니까. 인간이 한 번 죽지 두 번 죽느냐면서 이유 있는 죽음을 해야 한다고 고집했는데 그래서 얻은 게 뭐가 있었니."

엄마는 가끔 아버지를 그리워하면서도 아버지의 행위는 끝까지 찬성하지 않았다. 아버지는 1970년대 유신헌법을 반대하는 입장에 서 있었고 그 일로 할아버지와 화해하지 못했다. 더러 기관에 불려갔지만 할아버지의 동생, 나에겐 작은할아버지의 힘으로 풀려나곤 했다. 연이 고모의 아버지인 작은할아버지는 일제강점기 경찰 간부였고 그 힘이 해방 이후에도 계속 이어진 탓이었다. 그런 측면에서 마음고생을 한 엄마가 측은하기도 했다. 그래서 측은한 표정으로 엄마를 바라보는데 엄마는 깜빡 잊었다는 듯이 급하게 물었다.

"참, 왜 출근하지 않았지? 무슨 일 있는 거니?"

"아, 그건."

나는 당황스러움을 감추지 못했다. 아무리 완벽하게 감춘다 하더라도 거사를 계획하고 있는 내 표정이 평소와 같을 리 없었다. 눈치 빠른 엄마는 내 눈을 뚫어져라 바라보면서 재차 물었다.

"정말 무슨 일 있는 거야? 이제 보니 며칠 굶은 사람처럼 얼굴이 노란 게 말이 아니잖아. 속이 텅 빈 것처럼 보이기도 하고."

"피곤해서 그럴 거예요. 골치 아픈 재판 때문에."

"피곤이 곧 중병이란 거 모르니. 당장 김 박사에게 가 봐."

"그래서 며칠 쉬려고 휴가 냈어요. 그 말 하려고 왔는데 깜빡했네요."

나는 겨우 얼버무리고는 서둘러 자리에서 일어났다. 조금 전까지만 해도 내 건강을 걱정했던 엄마는 현관까지 따라 나오면서 "잠깐만, 제사 말인데. 백번 생각해 봐도 지금까지 해온 대로 시골집에서 지내야겠다."라고 했다. 나는 이유를 묻지 않은 채 현관문을 나섰다. 이유는 들어 보지 않아도 빤했다. 제사음식을 준비하는 것도 문제지만, 그보다도 고향 집에서 지내야 제사답다고 하면서 그것이 할아버지의 정신을 제대로 잇는 거라고 강력하게 주장할 것이었다.

어려서 내 눈에 비친 할아버지는 제사를 지내기 위해 사시는 것처럼 보였다. 우리 집 제사는 겨울과 봄에 있고 제사 때마다 동네잔치 규모였다. 아버지는 구시대적일 뿐만 아니라 비경제적이라는 이유를 들어 제사를 하나로 통합하고 규모도 축소해야 한다고 주장했지만 할아버지는 "나 살아생전에는 어떤 일이 있어도 제사를 하나로 줄이거나 축소하지는 못한다." 고 못을 박았다. 할아버지의 뜻을 이어받은 엄마도 마찬가지였다. 제사는 할아버지 생전에 했던 대로 고향 집에서 옛날 그대로 거룩하게 지내야 한다는 것이 엄마 조명진 여사의 신념이다. 엄마의 신념 때문에 우리 4형제는 지금까지 제사에 대해 쉽사리 의견을 내놓은 사람이 없었다. 그런데 얼마 전에 막내 복이가 지금까지 참았던 말을 쏟아 냈다.

"제발 고집 좀 버리세요. 왜 제사를 꼭 고향 집에서 지내야 하냐구. 이제는 자식들 사정에 따라 제사도 일 년에 하나로 줄이고 장소도 변경할 필요가 있다니까요. 모두 바쁘잖아요."

"할아버지가 들으시면 무덤에서 벌떡 일어나실 거야. 내 눈에 흙이 들어가기 전에는 안 돼."

엄마 대답은 단호했다. 옛날에 할아버지가 했던 말을 그대로 했다. 우리나라 제사문화는 돌아가신 조상을 봉양한다는 중국 주자가례를 받아들이면서 시작되었고, 그것은 오래된 고전이다. 그런데 정작 조상 봉양보다는 제사상속, 재산상속, 호주상속 등 가계를 계승하는 것이 제사의 핵심이 되어버리고 말았다. 조상을 보양하는 제사가 이렇게 변질된 것도 일제가 자기네 호적제도의 틀을 근간으로 하여 만든 것이라는 사실을 제대로 아는 사람은 별로 없었다. 일제는 조선통감부 시절 법전조사국을 설치하여 우리나라를 통치할 민법기초자료를 수집한다는 이유로 '관습조사보고서'라는 책을 발간하면서 우리나라 여러 가지 전통을 일본식으로 정리했다는 것이 정설이다. 이런 이유로 우리나라 호주제도는 그게 진짜 고유한 우리 전통인지, 아니면 일제가 관습조사를 하면서 재해석한 탓에 왜곡된 것인지를 놓고 법적으로 오랜 세월 동안 왈가왈부해 왔던 게 사실이다. 그러다가 헌법재판소에서 우리의 전통 여부를 떠나, 호주제는 양성평등과 개인의 존엄을 최고의 가치 규범으로 삼는 헌법 이념에 맞지 않는다고 판단하기에 이르렀고, 결국 헌법재판소의 판단에 따라 2005년 국회에서 민법 개정으로 호적부가 사라지고 가족관계등록부가 만들어지게 된 것이었다. 지금까지 종으로 내려오던 장남 호주제를 성차별 없이 모든 가족을 횡으로 봐야 한다는 판단이었다.

일이 이쯤 됐는데도 엄마의 호주제 중심주의는 꿈쩍하지 않고 있다. 아직도 호주제에 갇혀 있을 뿐만 아니라 개정된 법을 인정할 수 없다고 고집한 것이다. 엄마는 호주제 시대를 살아온 분이라 그렇다 치더라도 내 남동생, 우리 집 장남 이겸은 이해할 수 없는 사람이다. 교육을 받을 만큼 받은 사람이 장남이라는 위치와 제사를 지내는 제사 주재자로서 가계 계승자라는 걸 강조하면서 엄마 말에 맞장구를 치는 것이다. 그럼에도 오늘 엄마가 나에게 제사 문제를 꺼낸 것은 내가 여성일지라도 우리 집안에서 맏이라는 것과 엄마 생각에 자랑스럽기 짝이 없는 판사라는 것 때문이다. 엄마는 내 위로 아들 두 명을, 내 아래로 세 명을 낳았다. 그런데 내 위로 두 명이 어릴 때 사망한 탓에 내가 운명적으로 맏이가 된 것이다.

"어떻든 니가 우리 집 맏이 아니냐. 할아버지를 생각해서 복이 입 좀 막아. 제사 문제 더 이상 꺼내지 못하게."

엄마는 현관문을 잡고 선 채 내 등 뒤에 대고 제사 문제에 대하여 일단락을 지었다. 6월 중순경에 있는 할아버지 제사를 말한 것이었다. 등 뒤로 들려오는 엄마 목소리가 화살처럼 등에 박혔다. 지금은 5월이고 내 결심을 실행에 옮긴다면 이번 제사부터는 고향 집에서 모실 수가 없기 때문이다. 순간 엄마에 대한 죄송함이 밀려왔다. 나는 애써 그런 감정을 무시하면서 아파트를 벗어나고 말았다.

엄마 아파트에서 나와 고향, 이천시 장암면 상암리를 향해 차를 몰았다. 하늘과 바람과 햇살이 가득한 세상이 찬란했다. 5월이니 그럴 것이었다. 새삼스럽게 내가 사는 세상이 참 아름답다는 생각이 들었다. 우리 고향을 둘러싼 산이 눈물겹도록 다정하게 보였다. 높지도 낮지도 않은 산들이 어깨동무를 하듯 나란히 능선을 이루고 있다. 아버지는 "어깨를 나란히 하고 사는 게 인간이 사는 것"이라고 종종 말씀하셨다. 아버지는 먼 길을 마다하지 않고 이 길을 따라 서울에 있는 학교에 출퇴근하셨는데 어깨를 나란히 하고 있는 산이 보기 좋아서라고 했다. 산을 따라 난 길이 시원하게 이어지고, 나도 오랜만에 아버지가 했던 말을 생각하면서 산을 따라 달렸다. 곧이어 낯익은 주유소가 보였다. 고향에 내려갈 때마다 기름을 넣는 주유소에 들러 차에 기름을 넣었다. 그리고 별도로 기름 한 통을 주문했다.

"한 말들이 한 통이요?"

"그래요."

주유소 직원이 기름통을 들고 와 트렁크에 실어 주고는 마치 비밀 창고문을 닫듯 문을 단단히 닫았다. 쾅, 하는 소리가 천둥치는 소리처럼 들렸다. 사실 별도로 기름을 주문할 때부터 내 가슴 어딘가에서 천둥이 우르릉거리고 있었다. 마음을 가라앉히기 위해 주유소를 벗어나 한적한 길가에 차를 댔다. 냉수를 마시고 창문을 열고 심호흡을 펴낸 다음 다시 차를 몰았다. 고향과 가까워질수록 하늘이 더 맑았다. 하얀 꽃구름이 한가롭게 떠도는 하늘이 가도 가도 끝나지 않았다. 하늘이 끝나지 않는다는 것이 막막하도록 답답하다는 생각이 들었다. 물론 하늘은 끝날 수도 없거니와 끝이 나서도 안 되는 일이다. 그런데 반드시 끝이 나야 할 무엇이 있다는 생각 때문일 것이었다. 무엇이든 잘못된 문제는 어느 선에서 정리를 해야 할 텐데 그게 잘 안 되고 있다는 것, 우리 사회에 그런 게 있고 나는 그것을 알기까지 너무 많은 시간을 낭비했다는 자책을 면치 못한 탓이다.

푸른 하늘처럼 인간이 살면서 죽도록 부끄러운 과거를 말끔히 지워 버릴 수 있다면 얼마나 좋을까, 하는 생각과 함께 '죽는 날까지 하늘을 우러러, 한 점 부끄럼이 없기를 잎새에 이는 바람에도, 나는 괴로워했다'는 윤동주 시인의 '서시'를 떠올렸다. 그리고 '별을 노래하는 마음으로, 모든 죽어가는 것들을 사랑해야지. 그리고 나한테 주어진 길을 걸어가야겠다.'는 시구처럼 나도 나에게 주어진 길을 걸어가기로 마음을 다지며 우리 가문 선산이 있는 장암리로 먼저 갔다. 선산에 들어선 다음 광활한 땅을 눈으로 둘러보았지만 내 눈길은 넓은 지평에 닿지 못했다. 채울수록 더 커지는 엄마의 끝없는 욕망을 보는 듯했다.

"전국에서도 이만한 선산 찾아보기 쉽지 않을 거야."

제사를 모시고 선산에 올 때마다 엄마는 감탄을 퍼내기에 바빴다. 그때마다 엄마의 얼굴은 끝없는 우리 선산의 지평처럼 보였다.

"경기 일대에서 세 손가락 안에 든다고 하니 그렇죠."

"세 손가락이 뭐니. 민상호 가문 다음이라고 하던데."

언젠가 남동생 겸이 경기 일대에서 세 손가락 안에 든다고 하자 엄마는 2위로 수정하면서 넓은 땅을 차지하고 있는 것을 자랑스러워했다. 민상호는 일제강점기에 조선총독부 중추원 고문 겸 참의를 지낸 거물로, 정무총감과 마주 앉아 회의를 할 정도의 막강한 권력자였다. 우리와 비교할 바가 못 되는 민씨 가문의 임야는 무려 1천 5백만 평에 이르렀고 2009년 국가에 환수될 때 100억 원으로 추산되었다. 그런데 그 정도는 땅도 아니었다. 민상호 후손의 권세는 일제가 끝나고도 도도하게 흘러 1950년대 민상호 후손들이 고향에 내려올 때면 이승만 대통령의 전용 차를 타고 내려올 정도였는데 그때까지만 해도 그들의 땅이 전국 방방곡곡에 널려 있었다는 증언이 우리 고향에서 밀물처럼 이어졌다.

이제 민상호 가문의 임야는 대부분 국가에 환수되었으니

엄마 말대로 우리가 경기 일대에서 최고인 셈이다. 땅이 모든 것을 좌우한다고 믿는 엄마는 우리 선산은 국도를 물고 낮은 야산 형태로 뻗어 나간 탓에 무슨 일이 일어나는 날엔 돈벼락을 맞는다는 꿈에 부풀어 있다.

"엄만 땅이 그렇게도 좋으세요?"

"땅이 모든 걸 가능하게 해 주잖니. 재벌들에게 물어봐. 무엇 때문에 재벌이 됐는지."

엄마 말대로 국도를 물고 있는 쪽 일부만 잘라 내어 팔아도 거액을 거머쥘 것이었다. 벌써 몇 년 전부터 우리 땅을 욕심내는 사람들이 나타나기 시작했다. 이곳에 골프장을 만들겠다는 사람, 전원 아파트를 지어 건강 마을을 만들고 싶다는 사람, 요양병원 타운을 만들고 싶다는 사람이 엄마에게 사람을 보낸 걸로 알고 있다. 엄마가 재물을 탐하는 이유는 단순하면서도 무시무시하다.

"요즘 백 세 시대라면서 놀라는데 그건 자연사를 기다리는 서민들에게나 해당되는 거고, 돈 있는 사람들은 이백 세까지도 살 수 있다는 거야. 그것도 젊어져가면서. 어디 그뿐이니, 숨 넘어가자마자 냉동시켜 뒀다가 다시 살려낸다고 하잖아. 이게 다 돈의 힘이지 뭐야. 넌 남자로 태어나 신부가 됐더라면 교황 자리는 따 놓은 당상인데……."

나는 재물에 민감한 엄마를 이해할 수 없어 하고 그럴 때마다 엄마는 나에게 성직자가 됐더라면 딱 어울릴 거라고 불만스러워 했다. 엄마 말대로 나는 남자로 태어나 신부가 됐어야 했는지도 모른다. 돈만 있으면 이백 세도 바라볼 수 있다는 엄마의 욕망에 대해 나는 할 말을 잃고 말았다. 그런데 정작 엄마의 땅에 대한 욕망은 다른 데 있었다.

"자, 봐라. 너희 할아버지는 돌아가신 다음에도 이렇게 넓은 땅을 차지하고 누워 계시니 얼마나 보기 좋으냐. 남들이 얼마나 부러워하겠어."

"인간이 죽어서 차지하는 땅은 기껏해야 가로세로 2미터뿐인데 뭘."

"그건 못 가진 자들의 변명이지. 앞으로 선산 늘릴 수만 있다면 더 늘려야 한다. 무슨 땅이든 땅은 많을수록 좋은 법이니까."

"허욕, 버리라니까요."

"나는 일제시대를 살아 봐서 안다. 땅 많은 사람들이 왕이라는 것. 그때나 지금이나 땅 많아 봐라 다 부러워하게 마련이지."

복이가 톨스토이의 단편소설 「사람에게는 땅이 얼마나 필요 한가」를 들먹이면서 엄마에게 핀잔을 주었지만 죽어서도 넓고 넓은 땅을 차지해야 한다는 엄마는 눈썹 하나 까딱하지 않았다. 오히려 일제강점기를 기억해 가면서 땅에 대한 절대적인 신념을 보여 주는 것이었다. 물질의 힘으로 오래오래 살고 싶을 뿐만 아니라 남에게 부러움을 사야 사는 맛이 나는 엄마에게 나는 단 한 번도 동의한 적이 없었다. 부모가 만수무강하다 못해 영원히 살기를 소망하는 것이 부모에 대한 효도인지는 모르지만 나는 그런 걸 결코 효라고 보고 싶지 않기 때문이다. 그렇다면 나는 불효막심한 자식이 아닐 수 없다. 사실 나는 엄마를 뛰어넘어 지금 불효막심한 손녀로 할아버지의 묘 앞에 서 있는 것이다.

할아버지 앞에서 오래도록 눈을 감았다. 내 이름을 생각했다. 오늘 아침 내 입에서 흘러나온 이름 이함은 할아버지가 지어 주었기 때문이다. 할아버지는 어린 나를 무릎에 앉혀 놓고 "너는 우리 가문의 장손이니 모든 것에 두루 미쳐야 하느니라."라고 하셨다. 내 이름 함咸은 사전적으로 다 함, 두루 미칠 함이다. 또 어느 날 할아버지는 "해가 목욕하는 천상의 못을 함지咸池라고 부른다."고 했다. 또 어느 날엔 "너에게로 다 모여들 것이야."라고도 했다. 나는 지천명이라는 나이 50대로 진입하면서부터 비로소 할아버지가 열심히 내 머리에 입력시켜 주신 말의 의미를 생각하기 시작했다. 그때부터 '함'이 들어간 말은 모조리 내 사유의 그물에 걸려든 것이었다. 나에게로 모두 모여들 것이라는 말은 함집咸集에서 나온 말이었다. 해가 목욕하는 천상의 못이라는 함지咸池는 우리가 사는 세상과 너무 동떨어진 것이어서 생각할 엄두조차 낼 수 없었다. 그건 왕, 또는 특별한 귀족에게나 어울리는 말이었다. 물론 할아버지는 그런 어마어마한 의미보다는 고귀한 신분이 되라는 부탁일 것이었다.

그런데 할아버지가 언급하지 않은 말이 있었다. 함고咸告였다. 함고는 단 하나도 빼지 않고 모두 고한다는 말이었다. 이 '함고'가 가장 뚜렷하게 내 사유의 그물망을 흔들었다. 할아버지가 이 말을 모를 리 없는데 왜 이 말을 제외했는지는 알 수 없었다. 아무튼 함고가 내 의식의 그물망을 흔들 때마다 나는 세상을 향하여 무언가를 단 하나도 빼지 않고 고해야 하는 의무를 짊어지고 있는 것만 같았다. 나는 이제야말로 그 의무를 실천에 옮겨야 한다는 생각을 하면서 할아버지께 따지듯 물었다.

"왜 함고咸告는 말씀해 주시지 않았어요? 왜 그러셨어요?"

할아버지는 대답이 없었다. 살아 계신다 하더라도 대답을 해 주지 못할 것 같았다.

마지막으로 아버지 묘 앞에 섰다. 아버지는 1970년대 유신에 대한 충격으로 술을 마시다가 술병을 얻었는데 1980년 우리나라에 또다시 군부가 출현하자 술병이 악화되어 돌아가시고 말았다. 아버지는 나를 마치 동지처럼 맞이해 주시는 것 같았다. 뜻이 같은 사람을 동지라고 한다면 맞는 말이다. 그렇더라도 지금 내가 하려고 하는 일, 우리 가문을 버리려는 일에 과연 동의해 주실지는 의문이었다. 깊숙이 고개 숙인 내 머릿속으로 "그건 아니다. 함아, 그건 아니다."라는 음성이 들리는 것 같았다. 그럴 것이었다. 아버지가 아무리 시대의 모순을 비판했다 하더라도 차마 할아버지를 거역하지 못했던 것처럼 내가 계획한 일에 동의하지 못할 것이었다. 그럼에도 나는 아버지께 내가 더 이상 흔들리지 않도록 도와달라는 부탁을 했다. 그리고 산을 내려와 차에 시동을 거는데 휴대폰이 울렸다.

"이 판, 도대체 어디야? 폰도 꺼 놓고."

나의 멘토 윤태영이었다. 나보다 두 살이 더 많을 뿐만 아니라 교회에서도 법원에서도 선배인데, 그런 것과 상관없이 우린 친구로 살아왔다. 친구라기보다는 언제나 뜻을 같이하는 동지라고 해야 더 정확한 표현일 것이다. 나, 김준호, 윤태영은 늘 생각이 같고 바라보는 방향이 같았다. 특히 윤태영은 정의의 사자라도 된 것처럼 억울한 사람을 보면 못 견딘 탓에 힘없는 사람들이 의지하며 따랐다.

윤태영과 내가 신뢰를 쌓게 된 것은 물론 같은 교회에 출석하는 것도 있지만 그보다도, 우리나라 사법부 사상 두 번째 일어난 사법파동 때문이었다. 1980년대 후반 사법부에서도 민주화 바람이 일었다. 서울민사지방법원에서 법관들의 서명운동이 시작됐다. 사법부의 자기반성을 촉구하고 사법권의 독립을 쟁취하기 위한 소장파 판사들의 집단행동이었다. 직접적으로는 K대법원장의 유임과 정치권의 나눠먹기 식 대법관 인사 움직임에 대한 반발이었다. 정보기관원의 법원 상주 반대, 법관 청와대 파견 근무 중지, 유신 악법 철폐를 외쳤다. 당시 윤태영과 나는 서울민사지방법원 항소부 소속이었다. 그때 윤태영으로부터 곧 법원의 민주화 문제에 대한 일종의 운동이 있게 될 것이라는 말을 들었다. 그리고 일주일쯤 지났을 때 "새로운 대법원 구성에 즈음한 우리들의 견해"라는 제목으로 쓴 성명서와 여기에 동참을 권하는 서명서가 판사들에게 돌려졌다. 놀랍게도 400명이 서명에 동참했고, 윤태영의 권유에 따라 나도 서명했다. 그 일로 대법원장은 결국 퇴임했고 우리는 소기의 목적을 달성하게 되었다. 그때부터 윤태영은 나에게 정의로운 법관의 길이 무엇인지, 민주주의가 무엇인지를 행동으로 가르쳐 준 사람이었다.

윤태영은 2차 사법부 파동의 원인이 사실 70년대에 일어난 1차 사법부 파동의 원인에서 이어졌다면서 불행한 역사가 또다시 재발하는 것을 막기 위해 발 벗고 나섰노라고 했다.

"70년대를 생각하면 정말 끔찍하지 뭐야. 역대 대법원장 사진이 걸려 있어야 할 대법원장실에 대통령 사진이 걸려 있다는 게 말이 돼? 사법부를 정권의 하부기관으로 종속시켜 버린 것이지."

윤태영 말대로 대법원장을 임명하는 임명권자인 대통령 사진을 대법원장실에 걸어 둔다는 것은 사법부가 대통령 지배 아래 있다는 말이었다. 도무지 이해할 수 없는 그런 상황에서 1차 사법부 파동이 발생한 것이었다. 그때 서울 형사지법 판사들 90퍼센트가 사표를 쓰고, 서울 민사지법 판사들도 집단사

퇴를 하겠다고 나서면서 그동안 일어난 일을 폭로했는데 사사건건이 충격 그 자체였다. 그러니까 '반공법 사건'에서 검찰의 뜻과 다른 판결을 내릴 경우 법관들을 용공분자로 취급하여 압력을 가하면서 신원조사를 단행했으며, 법관이 구속영장을 기각하거나 무죄판결을 하면 부정한 판사라고 비난하면서 법관을 미행했다는 것. 피의자에 대한 함정수사, 가정조사, 예금조사까지 실행하면서 법원창구에서 신청해야 할 구속영장을 판사실로 가지고 와 강청하는가 하면, 법원 내에 사건이 생기면 법관을 피의자 취급을 하면서 모욕, 협박, 폭언을 서슴지 않았다는 것. 담당검사가 법관에게 자신의 명맥이 걸려 있다는 말을 강조하면서 재판 결과에 영향을 주려고 했다는 것 등등이었다.

그래서 정권의 시녀가 되어서는 안 된다는 생각으로 사법부가 들고일어난 것이었고, 법관 중 3분의 1이 넘는 판사들이 사표를 내기에 이르렀지만 그 결과는 참담했다. 유신체제에 들어간 정권은 사법부가 정권의 시녀노릇을 해서는 안 된다는 사고를 가진 법관들을 재임용에서 무더기로 탈락시켜 버렸고 그들은 법원에서 쫓겨나 변호사 개업도 할 수 없는 처지가 되고 말았기 때문이다.

"70년대 유신 시절 희생을 감수하면서도 법관으로서 정의로운 길을 걸어가신 분들을 나는 평생 잊을 수가 없어. 그래서 내 뼈에 새기기로 했어."

그때 윤태영의 말은 나에게 가슴 깊은 울림을 주었고 판사로서의 지침을 제시해 주었다.

윤태영은 법관으로서도 인권감수성이 남달랐다. 언젠가 시각장애인들에게만 안마사 자격을 주는 기존 의료법 시행규칙에 대해 헌법재판소에서 재판관 7대 1의 의견으로 위헌 결정을 내린 적이 있었다. 그러자 시각장애인 안마사들이 생존권을 잃었다며 시위를 하는 과정에서 한강에 몸을 던지는 등 목숨을 끊는 일이 발생하고 말았다. 헌법상 기본권이 서로 충돌할 때는 생존권이 우선하여 적용되는 것이 원칙이다. 그때 법조계에서 장애인과 같은 사회적 약자와 소수자들이 처한 현실에 대한 이해와 인권감수성이 풍부한 인물이 헌법재판관이 되어야 한다는 의견을 제시했고, 윤태영도 물망에 올랐으나 본인은 부족하기 짝이 없다면서 극구 사양하고 말았다.

아무튼 윤태영과 나는 서로 표정만 봐도 기분을 알아차릴 정도로 서로를 잘 알고 있음에도 나는 고향에 내려올 때 그에게 아무것도 말하지 않았다. 아무리 친한 윤태영이라 하더라도 내가 계획하고 있는 것을 알아서는 안 되기 때문이었다.

"미안해 선배, 혼자 해결해야 할 일이 좀 있어서 멀리 나와 있어. 서울에 가면 연락할게."

"나한테 그럴 수 있어? 한마디 말도 없이 사표를 내다니. 아무튼 빨리 올라와. 이건 약속이 틀리잖아."

"약속을 깨서 미안해. 그리고 넉넉잡아 10여 일 후에나 서울에 갈 것 같아. 아니 며칠이 걸릴지 아직 몰라."

"안 돼, 내일 당장 올라와. 우린 정년까지 함께 가자고 약속했잖아. 그건 그렇고 이유가 뭐야? 이 판이 사표를 낼 만한 이유가 뭐냐니까? 변호사 개업?"

실은 내 나이 57세를 꽉 채웠으므로 이 나이에 법정을 떠나는 건 전혀 놀라운 일이 아니다. 법관들은 대부분 정년을 채우지 않았다. 그래서 어쩌다 정년을 채우고 퇴임하는 법관이 나오기라도 하면 무슨 이변이라도 생긴 것처럼 언론들이 야단이었다. 법관들이 조기 퇴임한 이후 변호사로 변신하는 것에 반하여 끝까지 법원에 남는 것이 미덕으로 보인 탓인지 어떤지 모르지만, 65세 정년을 계산하면 나는 8년이라는 시간이 남아 있고 나보다 두 살 위인 윤태영은 6년이 남아 있다. 이 문제를 두고 윤태영은 항상 강조했다. 흔히 말하길 법원생활로 쌓아올린 경력과 업적을 돈 버는 변호사로 써먹는 식의 사고를 버리자고, 정년 때까지 옷을 벗지 말자고, 그리고 나는 철석같이 약속했지만 약속을 지킬 수 없다고 말할 수가 없었다.

"설마 이 판이 나 몰래 다른 일을 도모할 리는 없을 테고. 도대체 뭐냐니까?"

"집안일이야. 아무튼 미안해, 최대한 빨리 돌아가도록 노력할 게. 그리고 고마워. 언제나."

나는 거듭 미안하다는 말로 윤태영을 달랜 뒤 전화를 끊었다. 윤태영이 내가 사표를 낸 걸 알아 버린 모양이었다. 사표를 수리하기까지 며칠이 걸릴 테고, 윤태영은 그동안 없었던 일로 돌리려는 생각이 뻔했다.

빈집, 하얀 나비

그 후 시간이 정지되어 버린 곳, 슬픈 침묵과 툇마루를 덮고 있는 자욱한 먼지마저도 거룩하다. 3대째 주인이 돌아오지 못했다. 비어 있는 집은 아직도 주인을 기다리고 있다. 문살마다 얼룩진 혈흔이 지워지지 않았다. 주인처럼 집도 그들에게 고문을 받아 대문이 헐렸고, 여기저기 살점이 떨어져 나갔고, 군데군데 뼈가 부러졌다. 잡초 우거진 마당에서는 나비들이 날고 있다. 악마의 주술에 걸린 소녀들이 나비가 되어 날고 있다. 무시무시한 군홧발 아래 갈기갈기 찢긴 소녀들의 영혼이 내 손등을 스칠 때마다 가슴속 실핏줄이 톡톡 터진다.

— 버려진 독립운동가의 집 마당에서

마을 사거리로 접어들었다. 따뜻한 햇살 아래 고향 마을은 숨죽인 듯 고요하다. 차를 세우고 밖으로 나와 남쪽을 향해 고개를 들어 마을에서 가장 큰 집을 바라보았다. 집은 마을에서 가장 높은 곳에 있고 집 주위에는 집이 없다. 우거진 숲을 배경으로 넓은 땅을 차지하고 있는 집은 그냥 바라만 보아도 권위적이다. 고관대작이 살았던 집이거나 왕족들이 궁궐을 벗어나 따로 살았다는 이궁처럼 보였다.

우리 집이다. 이궁처럼 보인 우리 집을 보자 미안한 생각이 들었다. 발병하듯 미안함이 또 재발한 것이다. 나는 '미안'이라는 바이러스를 품고 태어난 것처럼 늘 미안했다. 길거리에서 행상을 하는 사람들이 무거운 리어카를 끌고 경사진 길을 힘겹게 오르내리는 것을 볼 때도 미안했다. 풀잎이 비바람에 몸을 떠는 것을 봐도, 늦가을 낙엽이 정처 없이 구르다가 사람들 발밑에 밟혀 산산조각 부서지는 것을 봐도 미안했다. 정확하게 누구에게 왜 미안한 건지 알 수 없는데 눈물이 핑 돌 정도로 미안했다. 항상 부채를 안은 기분이었다. 어려서부터 그랬다. 이를 테면, 운동장에서 함께 놀던 아이들이 다쳐도 내 탓인 것만 같았고, 초등시절 미국에서 보내 준 구호품 가운데 우유가 있었는데 학교에서 가난한 집 아이들에게만 주는 그 우유 급식을 타 먹기 위해 길게 줄을 서 있는 아이들을 봐도 미안했다. 미안함은 거기서 그치지 않았다. 한여름 뜨거운 태양 아래, 들에서 땀을 흘리며 일하는 마을사람들을 바라볼 때도 미안했다.

우리 집 뜰에 있는 큰 나무에 올라가면 마을과 들녘이 한눈에 보였다. 마을사람들이 들에서 땀을 흘리며 일을 하고 있었다. 우리 가족은 단 한 사람도 그렇게 힘든 일을 하는 사람이 없었다. 가족은 아니지만 우리 집에서 힘들게 땀을 흘리며 일을 하는 사람은 우리 집 일을 도맡아 하는 김 씨 아저씨와 김 씨 아저씨네 아줌마뿐이었다. 그분들에게 미안해 엄마에게 곧잘 질문을 퍼부었다.

"아저씨와 아줌마는 왜 우리 일을 해요? 우리 가족들은 왜 일을 안 해요? 민숙이, 은실이네는 왜 가난해요……."

"아무래도 니 속에는 걱정 많은 늙은 영감이 들어앉아 있는 모양이야."

나는 미안함을 참지 못해 시도 때도 없이 엄마에게 질문을 퍼붓고, 엄마는 그럴 때마다 황당하다는 표정을 지으며 핀잔을 주었다. 걱정 많은 늙은 영감이 무슨 뜻인지 알지 못했지만 유쾌한 말은 아닌 것 같았다. 무엇인가 남들과 함께 나누어야 할 것을 우리 가족이 독식한 것 같은 생각, 우리 가족이 훔쳐내기라도 한 것 같은 생각이 내 속에 늘 잠재되어 있었다.

확실히 우리 집은 남들과 달랐다. 다른 집들보다 뭐든지 넉넉한 편이었다. 김 씨 아저씨가 가끔 돈다발을 가지고 와 할아버지에게 드렸다. 때로는 소를 판 돈이거나 벼를 수매한 돈이라 했고, 때로는 땅을 판 돈이라고 했다. 정작 큰돈은 제주도에서 올라왔다. 김 씨 아저씨는 종종 제주도로 출장을 갔고 그 때마다 가방에 돈다발을 가득 넣어 가지고 왔다. 말을 판 돈이라고 했다. 그때까지만 해도 제주도 마장을 할아버지가 직접 운영할 때였다. 그 후로 마장은 할아버지의 작은댁 아들에게 넘어가고 말았지만 그런 이유로 할아버지가 거처하는 사랑방 벽장에 작은 금고가 있고 거기에는 언제나 돈다발이 어른 손 서너 뼘 높이만큼 서너 줄씩 쌓여 있었다. 얼마나 많은 돈인지는 알 수 없었으나 어린 내 눈엔 세상에서 가장 많은 돈으로 보였다. 그걸 몇 장씩 들어내어 아이들에게 배급을 주듯 나누어 주었다. 노트, 연필, 필통 등 학용품이 제대로 없거나 낡은 신발을 신고 있는 아이들이 배급 대상이었다. 돈을 들어낼 때마다 나는 가계부를 쓰듯 일기에다 꼬박꼬박 썼고 내 일기장을 읽기 좋아하시는 할아버지께 곧장 들키고 말았다. 그때마다 할아버지는 오히려 정직하다며 칭찬을 해 주시고 엄마는 꾸짖었다. 엄마는 가난은 나라도 어쩔 수 없는 일이니 쓸데없는 짓 그만두라며 혼을 냈다. 나는 그만두지 못했다.

"넌 아무래도 별종이야."

엄마가 나를 별종이라고 한 것은 형제들과 다르다는 것보다는 엄마가 낳은 자식답지 않다는 의미였다. 엄마 말대로 나는 가끔 내가 엄마 자식이 맞는지 의심이 갈 때가 종종 있었다. 내 성격과 엄마 성격이 극과 극이라는 걸 느낄 때마다 그런 생각이 들었다. 엄마는 매사 가문 위주에 권위주의를 내세웠다. 말하자면 조선시대처럼 가문을 위해서는 어떤 일도 할 수 있다는 생각을 갖고 있었다. 가난한 사람을 동정하는 것도 무조건 측은지심이 아니라 조건적 측은지심이었다. '내가 이만큼 주니 넌 나를 떠받들어야' 한다는 식이었다. 그런데 아버지는 달랐다.

"별종이 무언가를 해내는 법이지. 모두 산으로만 가야 한다고 생각할 때, 바다나 강이나 사막으로 갈 줄 아는 사람이 있어야 세상이 변할 것 아닌가. 콜럼버스가 자기 나라 포르투갈에 가만히 앉아서 아메리카 대륙을 발견한 게 아니잖아. 별종이라는 말을 들어 가면서 스페인 왕실을 찾아가 지원 요청을 하는 일을 벌이지 않았다면 과연 콜럼버스라는 이름이 세상에 길이길이 남을 수 있었을까?"

아버지는 나에게 오히려 별종이 되어야 한다고 강조했다. 엄마는 큰일 날 소리라며 펄쩍 뛰었다.

"남들 가는 대로 가는 게 항상 안전한 법이야."

서로 생각하는 법이 달랐다. 엄마는 강력하게 안정주의를 추구했다. 엄마는 마치 종교를 맹신하듯 한 번 머릿속에 각인되어 있는 것은 무조건 진리로 믿었다. 그것의 옳고 그름은 따지지 않았다.

"니 엄만 우물 안 개구리야. 자신의 기득권을 목숨 걸고 지키려는 생각이거든. 마치 해방 직후 친일파들이 다시 세상을 차지하고 앉아 자기네들을 쳐내려는 제헌국회 반민특위 위원

들을 빨갱이로 몰아붙여 제거해 버린 것처럼."

"아이 앞에서 못하는 소리가 없어요."

"함이도 머지않아 다 알게 될 테니 걱정 말아요."

아버지는 그때 무척 흥분된 어조로 말했고, 나는 그때 친일파가 무엇인지 반민특위가 무엇인지 빨갱이가 무엇인지 도무지 이해할 수 없었지만 아버지의 생각이 옳은 것 같은 느낌이 들었다.

"우물 안 개구리든 연못 안 두꺼비든 상관없어요. 사람에게는 안정이 최고니까."

"그따위 생각 때문에 나라를 일본에게 내준 거였지. 이완용이니 송병준이니 하는 자들이 자기네들 기득권을 지키기 위해서."

"걸핏하면 그 이야기."

"무조건 안정을 부르짖는 말을 들을 때마다 자기네들 기득권을 지키려고 나라를 내줘 버린 자들이 떠오른 탓이지."

이야기가 그쯤 되면 분위기가 심상치 않았다. 아버지는 엄마를 답답해했지만 엄마는 언제나 안정을 부르짖는 데는 요지부동이었다. 내가 어려서 본 엄마와 아버지의 대화는 늘 그런 식이었고 아버지는 언제나 엄마에게 반항하는 것처럼 보였다. 그러니까 우리 집에는 일제강점기에 대한 긍정과 부정이 팽팽하게 맞서고 있었다. 엄마는 언제나 과거 일본과 친일파들에 대해 긍정적이고 호의적이라면 아버지는 언제나 부정적이었다. 아버지는 일본이 교만해서 언젠가는 천벌을 받아 망할 거라고 하면서 사람이든 국가든 겸손할 줄 알아야 한다고 강조했다. 엄마는 일본이 망할 때까지 살라면서 일본을 우습게 본 아버지를 하나만 알고 둘은 모른 어리석은 사람이라고 했다.

아버지는 엄마로부터 그런 비난을 받을 때마다 어린 나에게 "항상 미안하게 생각하며 살아야 한다."고 당부했고 나는 아버지의 당부를 잊지 않았다. 왜 미안한 마음으로 살아야 하는지 이유도 가르쳐 주지 않은 아버지의 당부는 내가 나이를 먹을수록 나를 더욱 미안함 속으로 몰아넣었다. 지금도 할아버지부터 우리 가족들이 살았고 내가 중학교를 졸업할 때까지 살았던 우리 집이 마치 고관대작들이 살았던 집 같아서 미안하다. 수만 평을 차지하고 있는 넓은 선산을 가진 것도 미안하다. 엄마가 분에 넘치도록 사치하게 사는 것도, 우리 형제들이 남들보다, 아니 준호와 그의 형제들보다 좋은 학교를 나와 그 덕으로 좋은 직업을 갖게 된 것도 미안하다.

먼저 준호네 집으로 가기로 마음먹고 김 씨 아저씨에게 전화를 걸었다. 수십 년 동안 방치되어 있는 준호네 집을 둘러보자면 아저씨의 도움이 필요한 탓이다.

"어서 오시게."

아저씨가 전화를 받자마자 마을 사거리로 나와 반갑게 맞아주었다. 아버지 같은 아저씨는 내가 어릴 때 나를 업어주기도 했으므로 자식처럼 '해라'체 반말을 했는데, 판사가 되고부터는 '하게'체를 섞어 쓰기 시작했다. 불편하기 짝이 없어 옛날처럼 백퍼센트 반말을 해 달라고 부탁했지만, 아저씨는 오히려 '판사는 하늘 같은 사람'이라면서 말투를 정식으로 높여야 하는데 이것저것 섞어 써서 미안하다고 했다. 그때 '하늘 같은 사람'이라는 말이 가슴을 쿵 때렸다. 판사는 하늘을 대신하여 판결을 해야 한다는 말로 들린 탓이었다. 오늘도 그 말이 가슴을 때렸다.

"무슨 일이라도 있는 건가? 전에 없이 자주 오니 말이네. 나야 만날 때마다 반갑기 짝이 없지만."

"일이 있기는요, 그냥 오는거죠."

일 년에 두 번 있는 제사 때를 제외하고는 거의 오지 않던 내가 거듭 세 번이나 온 것은 김 씨 아저씨를 의아하게 만들고도 남을 것이었다.

"설마 집을 내놓으려는 건 아니겠지?"

"집을 내놓다니요. 그런 일은 없어요."

아저씨는 혹시 집을 내놓을까 봐 놀란 표정을 지었다.

"일단 우리 집으로 가, 차나 한잔해야지?"

"아니요. 그냥 하리로 가죠."

"하동으로?"

우리 집은 상암리 상리에 있고, 준호네 집은 하리에 있다. 우리 마을은 상리와 하리로 나뉘어 있고 높은 지대는 상리, 낮은 곳은 하리라고 부른다. 그런데 언제부턴가 상리를 상동으로, 하리를 하동으로 부르기 시작한 것이었다. 일종의 격상이었다. 우리 마을만 보더라도 지리적 조건이 얼마나 중요한지 실감할 수 있다. 한국은 지정학적으로 과거 강대국들의 발판이었던 것처럼 또 미국은 기후나 지정학적으로 지리적 축복을 받은 나라인가 하면 아프리카는 지리적 고립을 면치 못한 것처럼, 내 기억에 의하면, 하리는 우리 마을에서 가장 취약한 지역이었다. 해마다 홍수 피해를 면치 못했다. 반대로 높은 지역을 차지한 상리는 늘 안전했다. 사는 것도 상리가 월등히 나았다. 하리는 푹 꺼진 지형처럼 집집마다 사는 형편도 푹 꺼졌다. 집들이 게딱지처럼 붙어 있고, 길도 계곡처럼 거칠고 구불구불했다. 다만 준호네 집은 하리에서 가장 큰 집이었다.

"준호네 집엘 가 보고 싶어서요."

"갑자기 거긴 왜? 준호네 집을 살 셈인가? 아마도 자당께서 그러자고 하신 거겠지?"

엄마의 욕심을 잘 아는 아저씨가 단번에 엄마를 들먹였다. 엄마는 준호네 집은 거저 준대도 가질 사람이 아니었다.

"참, 엄마에게는 제가 고향에 내려왔다는 것, 말씀하시면 안 돼요. 절대로."

"알았네."

아저씨는 내가 워낙 심각한 어조로 당부하자 무슨 일이냐고 물어볼 엄두조차 내지 못한 채 고개를 끄떡이며 하리로 길을 잡았다. 오랜만에 한적한 시골길을 걸었다.

머리 위로 5월의 따사로운 햇살이 평화롭게 내렸다. 해가 나의 일거수일투족을 감시하는 것만 같았다. 햇살이 온몸으로 스며들었다. 몸뿐만 아니라 내 의식 깊숙이 파고들었다. 사람들은 햇살이 비치는 곳을 양지라 부르고 햇살이 닿지 않는 곳을 음지라고 불렀다. 해는 높고 높은 곳에서 누구에게나 빛을 비추지만 어떤 장애물에 의해 음지와 양지가 생기듯이 사회도 권력에 의해 양지와 음지로 나뉜 다는 것, 산이 무너지지 않는 한 산이 가리고 있는 음지는 바뀌지 않는 것처럼 둘의 위치는 장애를 없애지 않는 한 바뀌지 않는다는 것을 생각하며 걸었다.

"하동도 이젠 옛날과 딴판이 됐어."

아저씨 말대로 하리도 옛날과 달랐다. 차가 다닐 수 있도록 넓힌 길은 매끈하게 포장이 되어 있고, 집들은 시멘트 블록으로 재건축한 상태였다. 마을이 두 갈래로 나뉘어졌다고는 하지만 걸어서 40여 분 거리였다. 상리와 하리 중간 역할을 하는 다리 숙교를 지났을 때 아저씨가 잠시 걸음을 멈추었다.

"여기가 우리 지역에서 물이 제일 맑고, 물맛도 제일 좋은 곳 아닌가. 그래서 옛부터 하리 사람들이 장수한다고 했는데."

아저씨의 말대로 다리 밑으로 흐르는 물도 거울처럼 맑았다. 그래서 숙교라고 부른다는 건 나도 잘 알고 있었다. 하리 사람들이 맑은 물 덕택에 장수한다는 말도 들은 바가 있었다.

그런데 아저씨가 말끝을 맺지 못한 것은 준호네 때문일 것이었다. 숙교를 지나 갑자기 푹 꺼진 곳, 하리에 닿자마자 준호네 집이 보였다. 나는 먼저 심호흡을 펴낸 다음 준호네 집을 향해 천천히 발걸음을 옮겼다.

"마을에서 차라리 뜯어내 버리는 게 낫다고 할 정도로 집이 험하게 됐지 뭔가."

수십 년 동안 비어 있는 준호네 집은 흉가처럼 보일 정도로 지쳐 있었다. 준호 할아버지부터 준호까지 3대째 주인이 돌아오지 못한 탓이었다. 집도 마치 일제에게 고문을 당한 것처럼 살점이 떨어져 나갔고 뼈가 부러져 있었다. 지붕엔 낡은 기와가 군데군데 떨어져 나갔고 그 자리에 풀이 무성했다. 풀이 바람 부는 대로 몸을 흔들었다. 일제의 넋이 아직도 준호네를 야유하며 웃어 제치는 것 같았다.

"지붕에 올라갈 수 없어 풀을 뽑지 못했더니 저 지경이구만."

아저씨가 풀을 쳐다보며 한숨을 쉬었다. 지금까지 아저씨가 준호네 집을 돌보고 있는데 기와가 너무 낡아 지붕에 올라갈 수 없다고 했다.

"그런데 대문이 왜 없을까요?"

어려서 봤던 집이고 그때도 대문이 없었는데 새삼스럽게 대문이 없다는 것이 이상했다.

"대문은 옛적에 왜놈들이 뜯어냈지."

아저씨는 그걸 이제야 알았느냐는 듯 의아한 표정을 지었다. 대문은 일제강점기 때 비어 있는 집마다 조선총독부가 접수했고, 그때 뜯어낸 거라고 했다.

"일제가 왜 대문을 뜯어냈을까요?"

"독립운동을 하는 집, 기를 뺀다고 그랬지. 대문이 그 집 기운이라고 믿었으니까. 그런다고 해방이 안 와. 하늘 무서운 줄 모른 놈들!"

아저씨는 마치 엊그제 일처럼 흥분하며 대문이 없는 집 안으로 성큼 들어섰다. 대문이 그 집 기운이라는 말은 엄마가 노상 하는 말이었다. 엄마는 걸핏하면 "그 집 대문 앞에 서면 그 집 기운이 느껴지는 법이지. 높은 사람들 집 앞에 서면 그 집 권세가 온몸으로 짜르르 흐르지 않던?"이라고 했는데, 엄마 말은 맞는 말이었다. 고교시절 서울에 입성하여 한남동에 줄지어 있는 부잣집 저택들의 웅장한 대문을 봤을 때, 사람을 제압하는 것 같은 힘이 느껴졌던 기억이 쉽사리 지워지지 않았다. 청와대 대문격인 정문을 봤을 때는 눈동자도 함부로 굴려서는 안 될 것 같은 무시무시한 권력의 중압감이 압박해 오기도 했다. 어떤 이유로든 대문이 없는 준호네 집은 우리 집 못지않게 큰 집이고, 큰 집에 대문이 없다는 것이 더욱 허무를 부추겼다. 고래 등 같은 기와집이 마치 창자까지 강탈당한 채 뼈만 앙상하게 말라가는 고래처럼 보였다.

비록 대문이 없더라도 나는 준호 할아버지가 계신 것처럼, 조심스럽게 집 안으로 들어섰다. 준호네 집 안으로 발을 들여

놓은 건 초등시절 제사 음식을 배달할 때 이후 처음이었다. 수십 년 전이라 처음 같은 기분이 들었다. 발걸음 소리가 나지 않았다. 발밑에서 풀이 잔디처럼 푹신하게 밟힌 탓이었다.

"무슨 일이든 풀 자라듯 하면 세상에 안 되는 일이 없을 거야."

종종 풀을 쳐내도 감당할 수가 없다면서 아저씨가 푸념을 늘어놓았다. 무성한 풀밭에서 나비들이 날았다. 집주인 대신 손님을 맞이하듯, 노란 나비, 하얀 나비들이 내 허리쯤에서 맴돌았다. '나비는 망자의 영혼'이라는 말이 떠올랐다. 말대로라면 준호 할아버지와 준호 아버지, 그리고 준호, 내리 삼대의 영혼이 나비가 되어 자기 집을 방문한 손님을 맞이하는 것인지도 모를 일이었다. 그들은 자기네 집에서 마음대로 살아보지 못한 채 객지에서 떠돌며 억울한 삶을 살다 간 탓이다. 준호 할아버지는 독립운동을 하느라 만주에서 떠돌다 돌아가셨고, 준호 아버지는 반민특위 때 반공 이데올로기에 희생되었고, 준호는 엄밀히 말해 독립운동을 한 할아버지 때문에 극빈자로 살다 2년 전 폐암으로 세상을 떠나고 말았다. 그리고 준호의 동생들, 준희와 준수 남매는 선교사가 되어 아프리카 오지에서 선교 활동을 하고 있는데 앞으로 한국에서 살아간다는 보장이 없다. 더욱이 고향 집에서 살아간다는 보장은 거의 없다.

준호를 떠올리며 측은한 심정으로 나비들 가운데 유난히 눈길을 끄는 하얀 나비를 눈으로 따라다녔다. 준호의 손목에도 언제부턴가 하얀 나비 팔찌가 끼워져 있었다. 나이 50이 넘은 남자가, 그것도 목사가 나비 팔찌를 끼고 있다는 것이 의아스러웠다. 나는 정말 그때까지 나비 팔찌를 알지 못했다. 죽기 전 마지막 병문안을 갔을 때도 준호의 팔에 하얀 나비 팔찌가 그대로 있었다. 하얀 나비는 일본군 위안부 피해자 할머니들의 영혼을 상징한 것이고, 준호는 나비 팔찌를 끼고 저세상으로 간 것이다. 지금은 내 팔목에도 하얀 나비 팔찌가 끼워져 있지만 준호와 달리 내가 나비 팔찌를 끼기까지는 너무나 많은 시간이 걸렸다.

어느 날 일본군 위안부 할머니들의 명예를 회복하기 위해 주일대사관 앞에 세워 놓은 소녀상 앞에서 발길을 떼지 못했다. 그 전까지 나는 위안부 할머니들을 피상적으로만 알았던 탓이었다. 그러니까 그동안 내가 알고 있는 할머니들은 역사적으로 불행한 사람들일 뿐이었다. 그날 소녀상을 봤을 때 나는 충격 속으로 빠져들었다. 단발머리를 한 소녀는 잘해야 15세, 16세쯤일 것이었다. 소녀는 나무 의자에 다소곳이 앉아 있는 것처럼 보였지만 다소곳하지 않았다. 양손은 주먹을 불끈 쥐었고 발은 맨발이었다. 그들의 무자비한 폭력을 피해 어디론가 달아날 것처럼, 아니면 항거하기 위해 그들을 향해 질주할 것처럼 발의 절반은 땅으로부터 들려 있었다. 소녀상 뒤로 그림자가 드리운 곳에는 허리 굽은 할머니가 가슴에 하얀 나비를 품고 있는 조각이 있었다. 굳이 설명하지 않아도 소녀들은 할머니가 되었고 나비는 소녀들의 영혼을 상징한 것이었다.

준호네 집에서 나를 맞이해 주는 하얀 나비는 준호네 가족뿐만 아니라 위안부 소녀들의 영혼을 함께 떠올리게 했다. 여대생들이 극빈자 생활을 하고 있는 위안부 할머니들을 돕겠다고 나비 팔찌를 팔고 있었다. 나는 세상에서 가장 거룩한 물건을 얻은 것처럼 나비 팔찌를 '감히' 내 팔에 끼웠다. 나는 도무지 나비 팔찌를 낄 자격이 없음에도 준호처럼 잠을 잘 때나 재판을 할 때도 나비 팔찌를 벗지 않았다.

"무꽃, 배추꽃이 필 때면 나비가 셀 수 없이 모여든다네."

내가 나비에 정신이 팔려 있자 아저씨도 나비를 바라보며 한 말씀을 했다.

"하얀 나비는 하얀 무꽃을 닮고 노란 나비는 노란 배추꽃을 닮았나 봐요?"

"듣고 보니 그렇구만. 하얀 나비들은 무꽃을 좋아하고 노란 나비는 배추꽃을 좋아하거든."

아저씨 말대로 하얀 나비는 하얀 무꽃에 앉고, 노란 나비는 노란 배추꽃에 앉아 있었다.

하얀 나비 한 마리가 나를 인도하듯 준호 할아버지가 거처했을 사랑채 앞까지 날아갔다. 나도 나비를 따라 그쯤에서 걸음을 멈추었다. 사랑채 방문 위에 붙어 있는 한자 현판이 눈에 들어왔다. '見利思義 見危授命(견리사의 견위수명)' 엄숙하고 거룩했다. 남산 안중근 선생 기념 공원에서 많이 봤던 글이었다. 눈앞에 이익을 보면 먼저 그것을 취함이 옳은지 살피고, 나라가 위태로울 때 목숨 바쳐 싸운다는 뜻으로, 안중근 선생께서 사형을 앞두고 감옥에서 쓴 것으로 알려진 글이었다. 준호 할아버지도 나라를 구하기 위해 목숨 바쳐 독립운동을 하기 위해 이 글을 써서 사람이 들고 나는 방문 위에 걸었을 것이었다. 그리고 방을 들고 나면서 안중근 선생처럼 각오를 다졌을 것이었다.

문득 이 글이 우리 할아버지 사랑채 방문 위에 붙어 있다면 얼마나 좋을까 하는 생각이 들었다. 물론 우리 할아버지 사랑채에도 '歲寒然後知松栢之後彫(세한연후지송백지후조)'라는 훌륭한 글이 붙어 있다. 논어 자한子罕 편에 나온 글로 한겨울이라야 소나무와 잣나무의 푸른 절개를 알 수 있듯이 세상이 어지러운 때에 충신, 열사, 의사를 알아볼 수 있고, 위급한 때를 당해 보아야 그가 군자인지 아닌지를 알 수 있다는 말이다. 생각해 보면 준호 할아버지 사랑채에 걸려 있는 글이나 우리 할아버지 사랑채에 걸려 있는 글이나 둘 다 열사, 의사, 지조를 의미하는 공통점을 갖고 있다. 그런데 우리 할아버지는 열사나 의사보다는 지조를 중요시했던 것이 사실이다. 추사 김정희가 우선 이상적의 지조를 칭찬하기 위해 소나무와 잣나무를 그리고 논어 자한 편에 나온 이 글에서 제목을 따와 '세한도'라고 붙인 것, 그러니까 김정희가 제주도에서 유배살이를 할 때 지인들이 모두 등을 돌렸으나 오직 한 사람 이상적만이 변함없이 서책을 보내 주었다는 지조를 가장 가치 있게 거론하면서 세한도라는 그림 자체보다는 그림에 내포되어 있는 의미를 자주 강조했었다.

아무튼 같은 지조라 하더라도 두 사람이 선택한 글은 서로 지향하는 바가 달랐다. 준호 할아버지는 빼앗긴 나라를 구하고자하는 신념이라면 우리 할아버지는 선비의 고상한 지조에 대한 신념이라고 할 수 있다. 그런데 일제가 이런 현판을 그대로 두었다는 게 이상했다.

"일제가 대문은 뜯어내면서 저 현판은 왜 그대로 두었을까요?"

"그대로 둘 리가 없지."

"그럼 어떻게 아직까지 남아 있는 거죠?"

"일제가 떼어 내 불태워 버리라고 한 것을 우리 아버지가 몰래 숨겨 놨다가 해방이 되고 나서 다시 붙여 놓은 거라네"

그러면 그렇지, 일제가 이런 현판을 그대로 둘 리가 없었다.

"그때 우리 아버지가 스무 살 청년이었는데, 들키면 영락없이 죽을 짓이었다고 하면서 두고두고 말씀하셨지."

"부친께서 독립운동 못지않은 큰일을 하셨군요."

"그것도 목숨이 달린 일이었으니 그렇다고 할 수 있겠지. 우리 아버지께서 늘 말씀하시기를, 독립운동에 재산 다 바친 것도 모자라 만주로 간 사람도 있는데 내 나라 내 집에 편히 앉아서 이만한 일도 못해서 되겠느냐고 하셨거든. 우리 아버지는 준호 할아버지 그 어른 정신을 받잡고 살았으니까. 내가 하동까지 다니면서 마당에 풀을 뽑는 것도 딴엔 아버지 유지를 받들자는 것인데 이젠 힘이 부쳐. 일제 때 아버지가 징병 갔다가 다리만 다치지 않았어도 이 집을 새것같이 수리했을 것이라고 늘 말씀하셨는데……."

아저씨는 나이를 탓하며 아쉬움을 토로했다.

"그 일, 제가 할 겁니다."

"자네가 이 집을 수리하겠다는 말인가?"

아저씨는 뜻밖이라는 표정을 지었지만 반가운 기색이 역력했다.

"그렇지 않아도 도깨비 집 같다면서 뜯어 버리든지 불태워 버려야 한다는 말이 나올 때마다 기가 막혔지 뭔가. 다른 건 몰라도 사랑채 글만 보면 가슴이 미어지는 것 같았네."

아저씨 말대로 사랑채 글을 허물어지게 둘 수는 없었다. 그 글은 준호 할아버지의 정신이기 전에 안중근 선생의 정신이 아니던가.

사랑채를 지나 뒤뜰로 가는 모퉁이부터 풀이 우거져 숲을 이루고 있었다. 바람이 불 때마다 풀숲이 물결치듯 움직였다. 아저씨가 자주 예초기로 쳐내지만 소용이 없다고 했다. 풀숲은 야생화 천국을 이루었고, 나비 떼의 온상이었다. 나는 여전히 나비들에게서 눈을 떼지 못했다.

"여기 와서 나비를 바라보고 있노라면 어릴 때 봤던 그분이 떠오르곤 하지. 일체 말 한마디 하지 않고 우두커니 서 있는 게 꼭 나비 같았거든."

"그분이라니요?"

나는 혹시 준호 아버지인가 하고 물었지만 아저씨의 대답은 의외였다.

"준호 고모라네."

"준호 고모라구요?"

"해방이 되고 그 이듬해 내가 여덟 살 때였는데 어느 날 한 처녀가 보따리를 안고 이 집으로 들어오는 걸 내가 본 거네. 어린 눈으로 봐도 몸은 피골이 상접했지만 커다란 눈에 아주 잘생긴 처녀였어. 처음에는 허깨빈가 했지. 넋이 나간 것 같았으니까."

"그럼 그 처녀가 준호 고모였단 말인가요?"

나는 금세 그 처녀가 일본군 위안부로 끌려갔다가 돌아온 처지라는 걸 짐작하면서도 제발 아니길 바라는 심정으로 물었다.

"나도 그때는 어린 나이라 영문을 몰랐지. 숨 가쁘게 집으로 뛰어가 아버지께 알렸더니 아버지가 정신없이 준호네 집으로 달려가 그 처녀를 붙잡고 대성통곡을 하지 뭔가."

아저씨는 그때 일이 생각나는지 잠시 입을 다물었다. 나야

말로 입을 다물고 말았다. 준호가 단 한 번도 입 밖에 낸 적이 없었던 이야기였다. 아저씨는 침을 꿀꺽 삼키며 마음을 가다듬고는 다시 말을 이었다.

"마을에서 사람 취급을 하지 않았네. 그 처녀가 지나가면 아이들까지 침을 뱉었거든."

"그럴 수가!"

"어른들이 더럽다고 수군거린 말을 듣고 그랬지. 이상한 일이었어. 왜놈들은 죽도록 미워하면서도 정신대에 끌려간 처녀들은 왜 그렇게 벌레 보듯 했는지. 온갖 속임수로 처녀들을 데려간 놈들은 놔두고, 속아 넘어가 억울하게 희생당한 처녀들을 벌레 취급했으니."

엄마가 떠올랐다. 우리나라가 일본과 위안부 협상문제로 떠들썩할 때 엄마는 그냥 넘어가지 못했다.

"10억 엔이나 준다는데 왜 난리야. 결국 돈이잖아. 창피한 줄도 모르고."

"엄마, 말 좀 가려서 하면 안 돼요? 정작 창피해야 할 사람들이 누군데요."

"난 점잖게 말한 거야. 다른 사람들 말한 거 들어 보면 넌 기절할걸."

"그런 사람들 때문에라도 일본에게 진심 어린 사과를 받아내야 한다니까요."

"그만큼 했으면 됐지 뭘. 아베 펄펄 뛰는 것 봐. 손톱 끝만큼도 양보 못한다잖아. 일본과 척을 져서 어쩌겠다는 거야."

"아베가 펄펄 뛰는 이유가 뭘까요? 협상에 불만이 없다는 증거잖아요."

"일본은 지금도 우리 위에 있다는 걸 알아야지. 나라든 집안이든 편한 게 제일이야. 아무튼 그만하자."

나는 그날 정색을 하고 엄마에게 항의했고 엄마는 그쯤에서 은근슬쩍 피해 버리고 말았다. 나는 더 강하게 '엄마는 어느 나라 사람이냐'고 항의하고 싶었지만 엄마 입에서 정작 더 험한 말이 나올까 봐 참고 말았다.

"그럼 준호 고모라는 분은 어떻게 됐나요?"

준호가 일체 입 밖에 내지 않는 것으로 봐 준호 고모가 지금까지 살아 있을 리는 만무했다. 준호가 야속했다. 죽는 날까지 입을 꼭 다물고 시치미를 뗐다는 것이 믿어지지 않았다. 가끔 위안부 피해 할머니들 말이 나올 때면 준호는 일체 말 한마디 언급한 적이 없었다. 분노하는 빛도 없이 무슨 생각에 잠겨 있다가는 자리를 떠 버리고 말았다.

"아직 살아 계신가요?"

나는 무엇보다도 준호 고모 생사가 궁금해 아저씨에게 급한 어조로 물었다. 그런데 아저씨가 대답할 틈도 없이 갑자기 우리 곁에 낯선 남자가 불쑥 나타나 참견을 하고 나섰다.

"나는 다 알고 있지. 준호 고모에 대해서."

"헛소리 그만하고 어서 나가. 아픈 사람 간병이나 할 일이지

어딜 그렇게 싸돌아다녀."

남자는 나이가 들어 보였다. 50대 초반쯤으로 보였다. 아저씨가 아이들을 나무라듯 혼을 냈지만 남자는 한 귀로 듣고 한 귀로 흘려 버리는 표정이었다.

"그 처녀 억울하게 일본으로 잡혀간 거, 나는 다 알지. 우리 할아버지가 죽기 전에 다 말해 줬거든."

남자는 약간 기분 나쁜 웃음기를 머금은 채 말을 계속했다.

"신기가 있는 사람인데 준호네 집을 제 집 드나들듯 하면서 저런 헛소릴 하는 거라네. 준호네 집 불태워 버려야 한다고 야단법석을 떤 것도 실은 저자였고."

"준호네 집을, 왜죠?"

"자기 어머니가 병명도 없이 노상 아파 누워 있는데, 그게 한 맺힌 준호네 집 귀신이 들었다면서 한때 야단을 떨었지 뭔가."

"불태울 집은 따로 있지. 우리 할아버지가 그렇게 말해 주었거든. 그런 집은 확 불 싸질러 버려야 한다고."

남자는 아저씨의 말이 끝나기가 무섭게 다시 거들고 나섰다.

"봉수 자네가 끼어들 자리 아니야. 어서 나가."

"나도 알지. 저분이 이학 군수님 댁 판사님이라는 거."

남자는 내가 누군지 알고 있었다. 하긴 상암리에서, 아니 우리 군내에서 우리 할아버지와 우리 집 사정을 모르는 사람은 없었다. 남자는 결국 아저씨에게 쫓겨나다시피 집 밖으로 나가면서 나를 향해 의미심장한 미소를 지었다. 신기가 있다는 말을 생각하자 내 속을 들여다보기라도 한 것처럼 속이 뜨끔했다. 더욱이 '불태워 버릴 집이 따로 있다'는 말은 그냥 하는 말이 아닌 것 같았다.

"점을 치는 사람인가요?"

"옛날에는 점을 쳤는데 그만둔 지 오래됐어. 동네에서 봉수 신기 아무도 안 믿거든. 아무튼 그 사람 말은 종잡을 수가 없어. 괜한 헛소릴 하는 것이니 신경 쓸 거 없네."

먼 데 점쟁이가 영험하다는 말이 있듯이 마을 사람들이 같은 동네 사람인 그의 신력을 신뢰하지 않는 모양이었다. 아저씨가 괜한 헛소리라고 무시했지만 내 귀엔 헛소리로 들리지 않았다.

더욱이 나를 향해 의미심장한 미소를 짓는 것부터 예사롭지 않거니와 불태울 집이 따로 있다는 말이 내 기억속의 무서운 환영을 불러일으키고 말았다. 언제부턴가 눈을 감으면 세상을 몽땅 집어삼킬 것만 같은 불꽃이 보이기 시작했다. 불꽃 속에 커다란 기와집이 휩싸여 있었다. 너울너울 춤을 추는 불꽃이 기와집을 안고 마치 승천하듯 하늘로 타올랐다. 입 밖으로 단 한마디 말도 나오지 않았다. 심장이 순식간에 조여들어 숨을 쉴 수가 없었다. 커다란 기와집의 불기둥이 불꽃 속에서 허공을 가로지르며 날다가 땅을 향해 하강했다. 땅에 떨어질 때마다 아우성치듯 불똥이 튀었다. 기와집은 고향에 비워 둔 우리 집 같기도 하고, 2008년 2월 10일, 무자년戊子年 정월 초나흘 한밤중, 평온하게 잠든 밤을 깨우며 불꽃 속으로 사라진 숭례문 같기도 했다. 뜻하지 않은 방화범의 소행으로 우리나라 국보 제1호 숭례문이 불타던 날 밤, 나는 밤늦게 그곳을 지나면서 불기를 느낄 지경으로 상황을 가까이 느낄 수 있었다. 그때 이상한 생각이 스쳤다. 때마침 우리사회는 과거사 청산문제를 놓고 친일파에 대한 비판이 재가동된 상태였고, 내 머릿속에 대한민국 국보 제1호 숭례문이 아닌 친일파 이완용 후작의 저택이었다면 얼마나 적절할까 하는 생각이 들었다.

그 후 마치 전쟁이 휩쓸고 간 것 같은 숭례문의 시커먼 흔적을 바라보며 불에 대한 여러 가지 생각이 교차했다. 풍수지리 전문가라고 할 수 있을 정도로 풍수에 밝은 우리 할아버지가 해 주신 말씀에 의하면 다른 성문들과 달리 세로로 써 붙인 숭례문 편액도 불과 관련된 것이었다. 숭례崇禮 두 글자는 불꽃 염炎을 의미하는데, 예禮는 오행에 배치하면 불이 되고 오방五方에 배치하면 남쪽을 의미한다는 것이었다. 경복궁과 마주 보는 관악산이 문제였다. 관악산이 불꽃 형상을 하고 있어 불火산이라고 불렀고 관악산의 화기가 대궐 경복궁을 누를 수 있어 이에 맞서기 위해 숭례문 현판을 세로로 세워 걸었다고 했다. 마치 관악산 화기가 경복궁이 있는 한강 북쪽 지세를 누르듯이, 내 의식 속으로 자꾸 쳐들어오는 불에 대한 환상은 예사롭지 않았다. 지금도 내 속에서 그 불꽃이 타고 있다는 걸 남자는 점괘를 통해 환히 알고 있는 것만 같았다.

"저자가 그래도 보기와 달리 속에 심지가 있어서 위안부 할머니들 데모에 참가하기 위해 매주 수요일마다 서울에 올라다니면서 할머니들을 돕겠다고 학생들이 판다는 나비 팔찌를 사서 끼고 다니지. 어디 그뿐인 줄 아는가. 마치 장승을 세워 놓듯 커다란 나무를 소녀상처럼 깎아 자기 집 마당에 세워 놓고는 매일 절을 한다네."

"그게 정말이세요?"

"궁금하면 나중에 한번 가보든지."

놀라운 일이었다. 아저씨 말대로 남자가 깎아 세워 놓았다는 소녀상을 꼭 한번 보고 싶었다. 아저씨는 다시 준호 고모 이야기를 계속했다.

"준호 고모가 견디다 못해 동네에서 사라져 버리고 말았네. 그 후로 죽었는지 살았는지 누가 봤다는 사람도 없었는데, 나중에 약혼자 무덤을 쓸어안고 죽은 시신으로 나타났지 뭔가."

"그럼 약혼자도 죽었다는 말이군요?"

"그렇지. 약혼했던 청년이 징병 갔다가 죽어서 재로 돌아왔으니까."

"준호 고모 그때 몇 살이었을까요?"

"스무 살이나 됐을까?"

준호가 나비 팔찌를 간직한 이유가 너무 참담한 탓에 나는 그쯤에서 말을 멈추었다. 준호 팔에 채워져 있는 나비 팔찌와 준호 고모를 함께 떠올렸다. 아저씨 말대로 그 소녀도 준호와 준희처럼 커다란 눈에 하얀 피부를 가진 고상하고 우아한 용모일 것이었다.

이런 생각을 하고 있는데 나비가 내 손등에 사뿐 앉았다 날아갔다. 마치 그 소녀가 뜨거운 눈물을 흘리고 간 것처럼 손등이 더워졌다. 나는 나비가 날아간 자국을 다른 손으로 감싸 안으며 날아가는 나비를 바라보았다. 나비는 팔랑팔랑 낮게 날다가 사랑채 마루 끝에 앉아 쉬고 있었다.

"실은 준호 할아버지가 만주로 건너간 것도 준호 고모 때문이었다고 들었네."

"준호 고모 때문이라니요?"

"준호 고모를 놈들이 속여서 데려갔고, 그게 발단이 된 거지."

"어떻게 속인 거죠?"

"준호 할아버지는 창씨개명도 하지 않은 채 독립운동자금을 댔는데, 누가 밀고를 해 붙잡아 가둬 놓고 준호 고모에게 아버지를 구하려거든 일본으로 가 피복 공장에서 일을 해야 한다고 겁을 주었다는군. 이미 준호 고모가 일본으로 잡혀간 뒤에 준호 할아버지가 유치장에서 나와 딸을 찾기 위해 일본으로 건너가 옷 만드는 공장이란 공장을 다 뒤졌지만 찾을 수 없었고, 일본은 준호 할아버지를 계속 감시하면서 결국 독립운동자금을 댄다는 이유로 다시 체포하려고 하자 가족들을 데리고 만주로 떠나버린거네."

다큐 영화 〈소녀 이야기〉와 똑같은 이야기였다. 애니메이션 영화 〈소녀 이야기〉를 보면서 끓어오른 분노로 가슴이 터질 것만 같았다. 애니메이션 〈소녀 이야기〉는 위안부 피해자 정서운 할머니의 증언을 재구성한 것이었다. 일제강점기, 한 소녀가 있었다. 소녀는 경남 진주 정씨 가문의 유복한 집 외동딸로 태어났다. 소녀의 아버지는 일제에 협력하지 않았다. 창씨개명도 하지 않았다. 하나 밖에 없는 딸을 일본학교에 보내지 않고 가정교사를 들여 집에서 우리나라 글과 우리나라 역사와 우리나라 문화를 가르쳤다. 그런데 아버지는 일본이 대동아전쟁을 준비하면서 놋그릇 따위를 공출할 때 그들의 명령을 어긴 죄로 잡혀가고 말았다.

그 후 마을 이장이 소녀에게 다가와 일본 방직공장에 가면 아버지가 즉시 풀려날 것이라고 했다. 만약 말을 듣지 않으면 아버지는 영영 풀려날 수 없다고 했다. 소녀는 아버지를 구하기 위해 일본 방직공장으로 가기로 결심했다. 그때 열다섯 살이였고 같은 또래 소녀들과 함께 일본으로 가는 배에 태워졌다. 소녀는 같은 한국 소녀 스물세 명과 함께 인도네시아 자카르타에 내려졌다. 일본군이 소녀들을 현지 육군병원으로 데려가 어린 자궁에 무언가를 집어넣었다. 소녀들은 아랫배에 경련이 일기 시작하면서 하혈이 쏟아졌다. 하혈은 3일 동안 그치지 않았다. 어린 자궁에 알 수 없는 시술을 받은 소녀들은 뉴

기니아, 스마트라, 마랑 등지의 일본군이 주둔한 부대로 배치되었다. 위안소는 대대마다 있었다. 마치 동물우리처럼 칸칸이 줄지어 있는 위안소마다 소녀들이 20명씩 혹은 30명씩 배치되어 있었다.

그때부터 하루에 수십 명 군인들이 소녀들의 몸을 난도질하기 시작했다. 군인들의 성기는 다름 아닌 흉기였고 소녀들의 몸은 흉기에 무참하게 희생되기 시작했다. 속옷은 입을 시간이 없었다. 입을 필요도 없었다. 어린 생살이 무참하게 찢기면서 소녀들은 노상 기절했다. 일본은 기절한 소녀들에게 물을 끼얹어 정신을 차리게 하면서 계속 군인들을 들여보냈다. 언제 죽을지 모른 전장에서 거칠 대로 거칠어진 군인들은 잔뜩 허기진 이리 떼처럼 소녀들의 살을 짓이겼다. 소녀들은 찢어진 생살이 되풀이하여 찢기면서 상처가 덧나는 고통을 참지 못해 비명을 지르고, 일본은 소녀들에게 마약주사를 놓기 시작했다. 성병을 예방하기 위해 일주일에 한두 번씩 독약 같은 606호 주사를 놨다. 매달 606호만 해도 다섯 대 이상을 맞아야 했다. 임신을 하지 못하도록 수은을 먹였다. 어쩌다 임신한 소녀는 군홧발로 차거나 몽둥이로 배를 치는 폭력으로 유산시켰다. 소녀들은 그러다가 죽어나가기 일쑤였다.

토요일이나 일요일에는 100여 명의 군인들이 대기했다. 그들은 아침 9시부터 줄을 섰고, 군인들을 들여보내기 전에 미리 소녀들 팔뚝에 아편을 놨다. 토요일과 일요일에는 하루에 아편 5대를 맞아야 했다. 밤 10시가 넘으면 장교들이 술을 마시고 미친듯이 폭력을 휘둘렀다. 담뱃불로 젖가슴과 하복부를 지지며 즐겼다. 무시무시한 고통을 마약의 힘으로 견디는 소녀들은 마약중독자가 되어갔다. 소녀들은 스스로 죽음을 택하기도 했다. 경남 진주 정씨 가문의 부잣집 외동딸 정서운 소녀는 죽으려고 말라리아 약을 수십 알 모아 삼켰지만 며칠 동안 피만 쏟아 냈을 뿐 죽지 않았다. 해방이 되자 함께 간 한국 소녀 스물세 명 중 열네 명이 죽어 사라지고 없었다. 겨우 아홉 명이 살아 귀향선을 탔다.

나는 영화를 보고 난 다음부터 악몽을 꾸기 시작했다. 한밤중에 잠을 자다가도 벌떡 일어날 정도로 무서운 꿈이었다. 꿈속에서 총칼 앞에 무릎을 꿇은 소녀들이 울부짖었다. 소녀들이 울 때마다 총칼이 움직였다. 총칼이 소녀들의 저고리를 찢었다. 어린 유방이 드러나고 총칼이 이제 막 부풀어 오르기 시작한 어린 유방을 도려낼 듯이 농락했다. 꽃샘추위를 뚫고 몽알몽알 맺기 시작한 붉은 홍매 같은 유두를 총칼이 스칠 때마다 소녀들이 자지러지게 비명을 질렀다. 비명을 지르면 총칼이 더 요동쳤다. 어린 젖꼭지가 찢기고 소녀들은 기절했다. 총칼은 다시 치마를 갈랐다. 꼭꼭 감춰둔 비밀한 곳을 총칼이 헤집었다. 고이고이 자라나는 어린 순결을 총칼이 마구 짓이겼다. 소녀들은 혀를 깨물며 목숨을 끊는 것이었다.

그때쯤 나는 소스라쳐 깨어나고 말았다. 프로이트의 정신분

석에 의하면 꿈은 직간접적인 과거의 경험에 의한 무의식의 덩어리라고 했다. 과거의 경험이 의식 속에서 떠돌다가 저희들끼리 뭉친 다음 의식의 맨 밑바닥에 가라앉아 있다가 어느 날 불쑥 꿈으로 형상되거나 말로 흘러나온다는 것이다. 꿈은 의식에서 만들어진 무엇임에 틀림없는 일이었다. 애니메이션 영화를 보고 난 다음 나는 내가 맡았던 10대 청소년 성폭력 범죄자들을 떠올렸다. 한때 세상을 경악하게 했던 'K어린이 사건' 이후 법에서 성폭행과 전쟁을 선포하면서까지 범죄를 근절하려고 노력했음에도 성폭행 피해 환자가 끊이질 않았다. 제2, 제3의 K어린이 사건이 발생할 때마다 판사들끼리도 몸서리를 쳤다. 언젠가 나와 윤태영이 피해자 부모들의 하소연을 실감하기 위해 내 동생이 근무하는 병원으로 직접 현장 확인을 나간 적이 있었다.

초등학교 2학년 여자어린이가 성폭행을 당한 병실이었다. 아이는 혼수상태였고 만신창이가 되어 있었다. 담당의사의 말에 의하면 아이의 몸은 앞뒤가 하나로 터져 버린 허공상태로 어디가 항문이고 어디가 생식긴지 분간할 수 없었으며 창자가 밖으로 흘러나와 있었다고 했다. K어린이 사건과 전혀 다르지 않았다. 우리는 넋을 잃은 채 입을 뗄 수가 없었다. 범인들의 성기나 당시 일본군들의 성기는 여성의 심장을 파괴해 버리는 무서운 흉기였다. 남성男性이니 여성女性이니 하는 인간에게 붙이는 '성性'이라는 글자는 생명 그 자체를 의미한 탓이었다. 심장을 본뜬 심방변忄과 날 생生자를 합해 놓은 성性이라는 글자는 사람의 생명을 의미하기 때문이고, 성은 인간을 지탱해 주는 정신의 심장이기 때문이었다. 애니메이션 영화를 보고 나서 윤태영과 나는 성폭력범들의 형량을 살인죄와 똑같이 적용해야 한다고 주장했다. 비록 우리의 소망대로 되지는 않았지만 그래야 마땅한 일이었다.

아저씨도 준호 고모를 생각하면 가슴이 아프다면서 이야기를 그쯤에서 멈추고는 나를 데리고 마당으로 나왔다. 그때 어디선가 짹짹거리는 소리가 들렸다. 제비였다. 아저씨가 안채 처마 밑을 가리켰다. 처마 밑에 초등시절에 보았던 제비집이 동그마니 붙어 있었다. 어미제비가 어디선가 물고 온 먹이를 새끼들 입에 넣어 주고 있었다. 나는 부동으로 선 채 광경을 바라보았다. 어미제비는 쉬지 않고 부지런히 먹이를 물어 나르고, 먹이를 물어 올 때마다 새끼제비들이 일제히 입을 벌리며 서로 자기 입에 넣어 달라고 야단이었다. 먼저 받아먹은 새끼들도 다시 입을 벌리면서 자기 입에 먹이를 넣어 줄 것을 간절히 바랐다. 그런데 어미제비는 먹이를 새끼들 입에 성큼 넣어 주지 않았다.

"어미가 먹이를 물어 올 때마다 저렇게 한참을 살피거든. 공정하게 나누어 주겠다는 것이겠지."

아저씨의 말대로 어미제비는 새끼들에게 분배를 공정하게

하고 있었다. 흥미로운 일이었다. 나는 유심히 어미제비의 공정성을 살폈다. 어미제비는 계속 먹이를 물어 나르고 그때마다 새끼들은 먹이를 받아먹기 위해 모가지를 최대한 길게 빼고 입을 최대한 크게 벌리면서 필사적으로 소리를 질렀다. 입을 너무 크게 벌린 탓에 입이 찢어질 것만 같고, 모가지를 너무 길게 뺀 탓에 몸이 둥지 밖으로 떨어질 것만 같았다. 새끼들이 아무리 야단을 떨어도 어미제비는 침착하게 새끼들 입을 하나하나 살피면서 조금 전에 먹이를 넣어 주었던 새끼를 제치고 그 옆에 있는 새끼 입에 먹이를 넣어 주었다. 어미는 먹이를 물어 올 때마다 누가 받아먹을 차례인지를 분명하게 가려낸 것이었다. 그렇다고 새끼들끼리 싸우지도 않았다. 새끼들은 새끼들대로 어미의 공정한 분배를 받아들이면서 어미가 다시 먹이를 물어 올 때까지 입을 꼭 다물고 잠잠히 기다렸다. 어미제비가 마치 공의로운 재판관처럼 보였다.

"우리가 사는 세상도 제비처럼만 하면 얼마나 좋을까, 하는 생각이 들어요."

"허, 오랜만에 제비를 보더니 별 생각을 다 하는구만."

오른발 왼발이 똑같이 힘의 균형을 잡아 사람의 몸을 지탱해 주는 것처럼 정치권력도 계속 한쪽으로 쏠리면 안 된다는 아버지의 생각을 떠올린 것이었다. 그랬더라면 준호는 죽지 않았을 것이었다.

"생각해 보면 제비가 준호네 집에 집을 짓는 건 마땅해."

"무슨 말씀이세요?"

"제비는 선한 사람이 사는 집을 골라 집을 짓는다는 말이 있거든."

"그 말 충분히 믿어져요."

"그렇다면 준호네는 집터가 안 좋은 게 분명하네."

"집터가 안 좋다니요?"

"독립운동가 집안은 삼대가 망한다고 하지만 어찌 준호까지 그렇게 가 버릴 수 있단 말인가. 아무리 생각해도 집터 때문인 것만 같아."

아저씨도 준호가 생각난 모양이었다. 준호 말이 나오자 숨이 막혔다. 아저씨 말대로 삼대째인 준호까지 그렇게 가서는 안 되는 일이었다.

제비는 여전히 쉬지 않고 먹이를 물어 날랐다. 그리고 공평하게 먹이를 분배하고 있었다. 만약 우리 사회가 제비처럼 공의로운 사회였다면 독립운동가 후손인 준호는 그렇게 죽지 않았을 것이라는 생각을 하면서 대문이 있었던 자리, 텅 빈 곳을 바라보았다.

"대문부터 세워야겠어요."

"대문까지?"

"준호에게 빚을 많이 졌으니까요."

"자네가 왜 준호에게 빚을 졌단 말인가. 나라가 빚을 졌으면 졌지."

"준호가 집을 수리하고 싶어 했거든요."

준호는 임종을 얼마 남겨 두지 않는 상태에서 마치 유언을 하듯 집을 수리하고 싶다고 했다.

"몸이 좋아지면 고향 집 수리를 해야겠어."

집은커녕 소년시절 고향을 떠난 이후 두 번 다시 발을 딛지 않았던 고향이었다. 설사 준호가 살아 있다 하더라도 집 수리를 한다는 건 말도 안 되는 소리였다. 부실한 몸으로 하루하루 삶을 견디기에도 역부족인 처지에 쓰러져 간 집을 수리할 능력이 없는 탓이었다. 결국 준호의 말은 나에게 남긴 유언이 되고 말았다. 물론 준호는 나에게 털끝만큼도 기대를 하거나 부탁을 한 적이 없었다. 다만 준호 자신의 소망일 뿐이었고 그 말을 들은 나는 그에게 갚아야 할 부채를 짊어지고 있다는 생각 때문이었다.

"그나저나 비용이 만만치 않을 텐데 괜찮겠는가? 그런다고 준호가 살아 돌아오는 것도 아닌데."

"힘들어도 해야 할 일은 해야겠지요."

"옳은 생각이네. 힘들어도 누군가는 해야 할 일이지. 사실 자네가 할 일은 아니지만."

"언젠가는 준희, 준수가 이 집으로 돌아올 거라고 믿어요. 그리고 준호 고모, 준호 아버지와 할아버지의 영혼도 기뻐하실지 모르겠고."

"자네는 어려서부터 인정이 넘쳤지. 군수 어르신 금고에서 돈을 집어다가 어려운 아이들 학용품 사 주기에 바빴으니까. 도움 받은 아이들 손가락 꼽자면 열 손가락도 모자랄걸. 준희부터 시작해 민숙이, 은실이 등등."

"그까짓 일을 아직도 기억하시다니요."

"가슴이 뭉클할 때가 한두 번이 아니었는데 쉽게 잊을 수가 있겠는가. 어디 돈뿐이었나. 먹을 것 귀한 시절에 음식도 노상 퍼다 줬지."

아저씨 말대로 나는 할아버지 금고에서 돈을 들어내는 것에서 그치지 않았다. 우리 집에는 먹을 것도 남달리 많았다. 광에 가면 쌀이 독마다 채워져 있었다. 여름이면 남아도는 쌀에 벌레가 나 쌀을 널어 말리기도 했다. 부엌에는 조리된 음식이 언제나 남아돌았다. 준호 동생 준희는 나보다 어렸지만 민숙이, 은실이는 내 또래였고 동생들을 거느린 소녀가장들이었다. 민숙이는 아버지가 돈을 벌기 위해 서울로 간 다음 좀처럼 돌아오지 않았고 은실이는 부모가 모두 정신이 온전치 못했다. 그 아이들은 가족의 가장노릇을 하느라 비 오는 날에만 학교에 나타났다. 날이 좋은 날엔 남의 집 일을 하기 때문이었다.

나는 그들을 자주 우리 집으로 데리고 와 음식을 가져가게 했다. 광에 있는 쌀독 앞으로 안내하기도 했다. 그들을 불러다 그런 걸 가져가게 할 때마다 학교에서 우등상을 받을 때처럼 기쁘고 행복했다. 그런 기쁨 때문에 나중에는 부엌 음식을 싹

쓸이하여 가져가게 할 때도 있었다. 그런 일들은 엄마에게 자주 들키곤 했다. 한 번은 할아버지께 드리려고 만들어 놓은 귀한 음식까지 가져가게 했다면서 엄마가 노발대발했다.

"할아버지께 드릴 음식까지 싹 쓸어 줘 버리다니. 왜 니가 그런 걱정을 하느냔 말이야. 아이답지 않게."

"우리 집엔 음식이 많잖아요."

"버리더라도 함부로 남에게 주면 안 되는 거야."

"왜요?"

"가난한 사람들은 주면 줄수록 더 주기를 바라니까. 그래서 처음부터 주지 말아야 해."

나는 엄마 말을 이해할 수 없었다. 지금 생각해 보면 그건 조선시대 사대부계급들이 가난한 서민과 차별화하기 위한 권위적인 생각이었다. 엄마는 그렇게 가난한 사람들과 거리 두기를 해야 한다고 믿었고 나는 엄마와 반대로 나간 것이었다.

"오늘 함이와 이런 이야기를 하다 보니 오랜만에 사람 사는 것 같구만. 난생처음 사람이 왜 사는가? 하는 생각도 들고."

아저씨는 흐뭇한 표정을 지으며 무성한 풀을 손으로 신바람 나게 휘어잡아 뽑았다. 풀이 움직일 때마다 나비가 이리저리 날았다. 마치 준호 고모의 영혼인 것처럼 또는 준호의 영혼인 것처럼 나비들이 자꾸 내 손등을 스쳤다.

그가 말했다

남자아이는 귀찮은 얼굴로 우리에게 다가와 제사음식을 담은 봉지를 빼앗듯이 받아 들었다. 고맙다는 인사를 기대했던 우리는 모두 기가 죽고 말았다. 남자아이는 음식 봉지를 받아 든 채 나를 쏘아봤다. 비수 같은 눈빛을 번득여가며 한참을 쏘아보더니 음식 봉지를 거꾸로 들어 옆에 있는 개에게 쏟아 버렸다. 개가 숨 쉴 틈도 없이 음식을 집어삼키기 시작했다. 우리는 파랗게 질린 얼굴로 도망을 치듯 발걸음을 옮기려는데 남자아이가 나를 향해 말했다.

"가서 니네 할아버지께 전해, 군수 댁 제사음식 따위는 개나 줘야 한다고."

나는 울음을 터트리며 집으로 돌아오고 말았다.

— 그를 처음 알았던 날

준호네 집에서 나와 우리 집으로 왔다. 오래된 기와집이 잘 보존된 문화재처럼 보였다. 길게 뻗은 담장 중앙에 육중한 대문이 굳게 닫혀 있었다. 남의 집 앞에 서 있는 것처럼 긴장이 됐다. 대문은 안으로 빗장이 질러진 탓에 밖에서는 열 수가 없었다. 대문 옆으로 따로 만들어 놓은 쪽문을 따고 들어가 빗장을 열어야 했다. 아저씨는 나를 대문 앞에서 기다리게 하고는 열쇠꾸러미를 들고 쪽문을 향해 걸었다. 아저씨가 열쇠로 쪽문 잠금장치에 채워 둔 커다란 자물통을 열었다. 철컥, 하는 소리가 교도소 유치장 문을 여는 것처럼 들렸다. 그건 해제였다. 잠금과 해제를 놓고 나는 오랫동안 고민해 왔다. 인간은 스스로 자신을 잠글 수도 해제할 수도 있다는 것에 대하여, 이를 테면 잘못한 것에 대하여 사죄하거나 용서를 구하는 것은 오로지 자신의 자유의사에 따른 것인데 사람들은 자신의 자유를 활용하지 못한 채 자신에게 스스로 갇힌 것이었다.

나는 이제야말로 내 안에 잠겨 있는 모든 것을 해제하고 자유롭게 할아버지가 물려주신 고향 집에 집중하기로 마음을 다졌다. 내일, 아니면 모레, 아무튼 이번에는 할아버지가 남기고 가신 유산, 우리 집을 해체할 생각이다. 진작부터 집에 대한 일차적인 해체로 권위적인 대문을 뜯어 버리고 일반적으로 사용하는 철 대문으로 바꾸자고 했지만 엄마가 말을 듣지 않았다. 할아버지는 집을 가문의 상징으로 여겼고, 엄마는 그걸 전수받은 탓이었다. 할아버지가 목숨처럼 아끼고 가꾸었던 집은 지금 엄마 명의로 되어 있다. 할아버지 이름으로 된 집이 엄마 이름 '조명진'으로 바뀐 것은 아버지가 할아버지로부터 집을 물려받기 전에 돌아가신 탓이다.

"대문을 허는 건 할아버지의 정신을 허는 일이야. 대문은 그 집 얼굴이고 기운이라고 내가 늘 말했는데도 넌 쓸데없는 말을 자꾸 되풀이한다니까."

아직도 호주제에 꽁꽁 묶여 있는 엄마는 가문을 잇는다는 개념으로 집을 장남, 이겸에게 물려줄 거라고 마음먹고 있다. 집은 군청에서 몇 번인가 사겠다고 했다. 말하자면 보기 드문 전통가옥이니 지역 문화재로 관광 상품화 하자는 것이었다. 엄마가 펄쩍 뛰었다. 엄마는 군청을 향하여 "남의 집 가문을 팔라고 하는 거나 마찬가지"라며 크게 화를 냈다. 집을 구경거리로 만든다는 자체를 허용할 수 없다고 했다. 그런데 이상한 것은 준호네 집 역시 전통가옥으로 치자면 우리 집 이상인데도 군청에서 문화재로 만들겠다는 말을 하지 않았다.

"군청에서 어르신 댁 집을 사려고 한 것은 집이 손볼 데가 없이 깨끗한 것도 이유 중 하나지만 정작 이유가 따로 있었지."

김 씨 아저씨 말대로 우리 집은 손볼 데가 없기도 하지만, 우리 할아버지가 군수를 지냈다는 것 때문이었다. 그런데 남에게 과시하기 좋아하는 엄마가 한사코 손을 내저은 데는 이유가 있었다. 엄마는 이해하지 못할 야심에 차 있기 때문이다.

"마을 빈집들을 사들여 우리 집을 덕수궁 못지않게 만들어 갈 거다."

엄마는 정말 궁궐이라도 만들겠다는 사람 같았다. 김 씨 아저씨에게 마을 빈집이 생기면 알아봐 달라고 부탁해 놓은 것도 그래서였다. 우리 집과 비교적 가까운 거리에 있는 마을 집들을 사들여 합하면 왕궁 같은 터가 된다는 것이고, 그걸 자손대대로 이어가게 하겠다는 욕망을 품고 있다.

아저씨가 집 안으로 들어가 대문 빗장을 열었다. '덜커덕' 하는 소리가 쪽문을 딸 때보다 더 크고 무겁게 울렸다. 우리 집 대문은 엄마 말대로 완고함 그 자체였다. 새삼스럽게 대문이 너무 크고 높고 무겁다는 생각이 들었다. 나는 힘껏 대문을 양쪽으로 밀었다. 무거운 탓에 제대로 열리지 않았다. 아저씨가 달려들어 대문을 양쪽으로 열어젖혔다. 대문은 마치 고함을 지르듯 짜-악, 하는 소리를 내지르며 양쪽으로 갈라졌다.

어린 시절 어른들이 대문을 열고 닫을 때면 '짜-악!' 하는 소리가 집 안으로 울려 퍼졌다. 권위적이고 위압적인 소리였다. 어떤 것도 그 소리 앞에서 함부로 고개를 쳐들거나 반항할 수 없을 것 같았다. 또 안에서 빗장이 덜커덕 질러지고 나면 세상과 차단되었다. 대문은 낮에도 거의 닫혀 있었다. 또래 아이들이 나를 따라왔다가도 집에는 함부로 들어오지 못했다. 대문이 준 위압감 때문이었다. 옛날을 생각하며 대문 앞에 우뚝 선채 머뭇거렸다.

굵고 높은 문턱도 아이들을 머뭇거리게 만들었다. 초등학교 3학년 정도 아이들이 우리집 대문 문턱을 건너려면 다리를 기역자로 꺾어야 했다. 아이들은 망설이다 그냥 돌아가 버리고 말았다. 나는 문턱을 넘는 방법을 나름대로 익혔다. 한쪽 문짝에 바짝 붙어 서서 문짝을 잡고 문턱에 올라선 다음 아래로 깡충 뛰어내리곤 했다. 할머니는 그러다 넘어지면 몸을 다친다며 말리고, 엄마는 여자아이가 여자아이답지 않게 군다며 나무랐다.

"그러면 높은 문턱을 어떻게 넘지?"

나는 그때부터 높은 문턱에 대해 고민했는지도 모른다. 들어 올 때든 나갈 때든 가족 가운데 누군가가 손잡아 넘어오게 해 주고, 넘겨 주곤 했다. 초등학교 4학년 때까지 그렇게 했다. 5학년부터는 다리가 조금 더 길어지자 내 힘으로 넘을 수 있었다. 문턱이 높은 것은 무엇이나 약자를 제한했다. 초등학교 4학년때까지도 나는 문턱을 넘기에 다리가 아직 덜 자란 약자였다.

옛날 생각을 하면서 나는 대문 문턱을 넘었다. 절대 금지구역의 경계선을 넘는 기분이었다. 할아버지의 근엄함은 대문에서부터 시작되었다. 이천 평 터를 가진 담장 안에서는 언제나 긴장감이 돌았다. 엄중함, 근엄함은 비단 성리학의 분위기 때문만은 아니었다. 할아버지의 옛날 한문 책자는 크고 두꺼웠다. 기름에 절인 누런 표지를 열면 세로로 적혀 있는 한문이 빼곡하게 채워져 있었다. 할아버지 사랑채에는 언제나 그런 한자로 된 책이 펼쳐져 있었고 그걸 볼 때마다 조심스러웠다. 널따란 마당도 할아버지의 권위에 대하여 한몫을 했다. 안채로 가기 위해서는 축구장 같은 넓은 마당을 걸어야 했다. 할아버지는 마당을 즐겼다. 낮에도 대문을 걸어 잠그게 하면서도, 마을 사람들이 농악놀이를 할 때나 마을 청년들이 축구시합을 할 때면 마당을 허용했다. 장죽을 물고 앉아 사랑채 문을 열어놓고 축구 구경을 했다. 공이 들어갈 때면 "허," 하면서 장죽을 빠끔빠끔 빨아들였다. 정월 대보름이면 마을에서 농악놀이를 하고, 할아버지는 그들에게 마당을 허용할 뿐만 아니라 푸지게 대접하기를 좋아했다. 그렇지 않아도 존경받는 할아버지는 그런 이유로 존경이 두 배 세 배가되었다.

안채로 가는 길은 마당 가장자리에 따로 만들어져 있다. 징검다리처럼 납작한 돌이 두 줄로 나란히 놓여 있다. 어릴 시절 비가 오는 날이면 그걸 하나, 하나, 건너뛰면서 재미있어 했던 기억을 떠올리며 안채에 닿았다. 덩실한 처마 아래로 단정하게 하얀 회칠을 한 외벽이 고왔다. 안채도 방마다 문이 잠겨 있다. 긴 마루는 넓은 나무판이 잇대어 있고, 마루 중간중간에 둥근 기둥이 집을 받치고 있다. 둥근 기둥을 쓸어안으며 기둥 옆에 앉았다. 동향인 안채는 아침에 해가 떠오르면 해와 마주쳤다. 동향집 아이들이 총기가 있는 이유는 아침에 일어나 가장 먼저 해와 마주친 탓이라고 할아버지가 말했다. 사실이든 아니든 우리 형제들은 모두 학업성적이 뛰어났다. 할아버지는 그것을 풍수지리로 해석하면서 집터를 소중히 했다. 아저씨가 안채 방문에 채워 둔 자물통도 해제했다.

"방 안이 고슬고슬 할 거야. 한여름에도 한 달에 한두 번씩 불을 떼고, 일주일에 한 번 씩은 꼭꼭 바람을 쐬거든."

아저씨의 말대로 안방이 햇볕에 잘 말린 빨래처럼 고슬고슬했다. 안채는 중앙에 안방이 있고 양 옆으로 건넌방이 있다. 오른쪽에 건넌방이 두 개 나란히 있는 건 나와 여동생이 각각 사용했던 방이다. 안채를 중심으로 양옆으로 별채가 붙어 있다. 오른쪽 별채는 아버지와 엄마가 거처했던 곳이고, 왼쪽은 남동생들이 사용했던 방과 손님들을 위한 방이었다.

안채에서 나와 아래채 광으로 갔다. 광에도 무거운 자물통이 굳건하게 채워져 있었다. 아저씨에게 자물통을 따달라고 했다.

"광에 들어가 보게?"

아저씨가 의아하게 생각했다. 한 번씩 집에 오더라도 광에까지 들어가는 일은 없었다. 이제 조만간 이 세상에서 사라질 우리 집을 마지막으로 구석구석 둘러보는 것이 집을 분신처럼 아꼈던 할아버지에 대한 예의일 것이었다.

"찾을 거라도 있나? 참, 군수 어르신 제사가 돌아오니 그렇기도 하겠지."

아저씨는 얼마 남지 않은 할아버지 제사를 들먹였다.

"그냥 한번 둘러보고 싶을 뿐이에요."

아저씨가 자물통을 열었다. 대청마루가 깔린 넓은 광이 운동장처럼 넓어 보였다. 벽을 따라 늘어선 독들이 운동장에 모인 학생들처럼 키순으로 잘 정렬되어 있었다. 한쪽에는 제기를 덮어놓은 하얀 천이 넓게 펼쳐져 있다.

"제기 손질을 하느라 늘어놓은 거라네. 제사가 달포밖에 남지 않았으니 마음이 바쁘지 뭔가."

아저씨는 제기를 덮어 놓은 하얀 천을 바라보며 제사를 강조했다. 나는 말없이 고개를 끄떡였지만 이번 제사는 집에서 지낼 수 없을 거라고 속으로 중얼거렸다. 아저씨는 하얀 천을 벗기더니 잘 닦아 놓은 놋그릇을 보여 주었다. 제기는 목기도 있지만 대부분 놋그릇이라는 걸 나도 잘 알고 있었다. 향로부터 시작해 밥그릇 국그릇 찬기 숟가락 젓가락 등 놋그릇이 달빛처럼 맑고 정갈하게 광을 내고 있었다.

"요즘 약이 좋아서 놋그릇 닦는 것, 일도 아니야. 광도 옛날에 기왓장 가루로 닦을 때와 비교가 안 되고."

아저씨는 놋그릇을 조심스럽게 만지며 자랑스러워했다. 그런 다음 다시 하얀 천으로 덮었다. 싸늘한 공기가 엄습했다. 몸이 떨렸다.

"벽이 안채보다 훨씬 두꺼운 탓에 광은 한여름에도 서늘하다네."

아저씨도 몸을 움츠리며 말했다.

"벽이 안채보다 두껍다니요?"

"어르신께서 군수를 끝내고 집에 들어앉으실 때 집을 증축했는데 안채나 사랑채보다 광 벽을 두 배로 두껍게 했거든."

"왜 그랬을까요?"

이상한 일이었다. 주택의 중심인 안채 벽을 다른 곳보다 두껍게 하는 것은 이해가 가지만, 곡식과 이런저런 잡동사니를 보관하는 광의 벽을 안채보다 두껍게 한다는 건 이해가 가지 않았다.

"광이란 본디 곡물을 보관하는 곳이고 곡물은 가족을 지켜 주는 양식이니 도둑이 들어서도 안 되고 바람을 타서도 안 된다는 생각이었지."

"바람을 타서도 안 된다구요?"

도둑이 들지 못하도록 하는 것이야 당연한 일이지만 바람을 타서도 안 된다는 건 이해하기 어려웠다.

"내 짐작이네만 바람은 아무래도 무얼 흩어지게 하는 것이라 그러셨을 거야."

"무슨 비밀이 새어나가는 걸 막는 것처럼 말인가요?"

"비밀? 광에 무슨 비밀이 있겠나."

아저씨는 비밀이라는 말에 화들짝 놀란 듯했다. 그런데 아저씨 말대로 광에 무슨 비밀이 있을 리 없었다.

키순으로 진열되어 있는 독 맨 안쪽으로 붉은 벽돌색을 띠는 독이 있었다. 문득 그 속에 무엇이 들어 있는지 궁금했다. 어려서 추억이 떠오른 탓이었다. 가끔 엄마를 따라 광에 들어가면 딴 세계 같았다. 정말 무슨 비밀이 숨겨져 있는 것처럼 궁금했다. 지금처럼 독들이 줄지어 있고 모두 뚜껑을 덮고 있는 독들은 궁금증을 자아내기에 충분했다. 내가 초등학교 입학할 때까지만 해도 우리 고향에는 냉장고가 없었다. 그래서 독은 냉장고 구실을 할 때가 있었다. 엄마는 독 뚜껑을 열고 때론 사과를 꺼냈고, 때론 감을 꺼냈다. 과일뿐만 아니라 약과며 유과도 꺼냈고, 말린 생선이며 미역 등 해산물을 꺼내기도 했다. 그런 생각을 하면서 성큼성큼 안쪽으로 들어가 붉은 벽돌색을 띤 독 앞에 섰다. 막상 가까이 보자 육중한 독 뚜껑을 열어 볼 엄두가 나지 않았다.

"감기 걸리겠어. 어서 나가."

아저씨가 내 곁으로 다가와 나를 독으로부터 밀어내며 나가자고 독촉했다.

"열어 봐야 빈 독이야. 농사를 지어야 무얼 담지. 자, 어서 나가자니까."

아저씨는 서둘러 나를 앞세우고 밖으로 나와, 다시 자물통을 잠그고는 돌아섰다. 서둘러 나를 광에서 밀어내는 태도가 조금 이상하긴 했지만 내가 감기 걸리까 봐 염려하는 마음이라는 건 의심할 여지가 없었다.

"그나저나, 나랑 집사람 죽으면 누가 제사 일을 감당할지 걱정이야."

광을 나와 걸으며 아저씨가 제사 걱정을 했다.

"제사 요란하게 지내는 것, 이제 끝내야죠."

"섭섭한가? 내가 나이가 들어가니 걱정이 돼서 해 본 말인데."

"그렇지 않아요. 실은 진작부터 우리 형제들이 의논했어요. 앞으로는 제사 서울에서 간소하게 지내자고."

"하늘이 무너지면 무너졌지 자당께서 용납 안 하실 거네."

"맞아요. 엄마가 고집을 부리는 중이에요. 그렇지만 아저씨도 이젠 우리 집 일, 힘에 부치잖아요. 연세가 여든에 가까우신데."

아저씨네 가문은 대를 이어 우리 가문의 집사로 일했다. 이제는 그만둘 수도 있지만 할아버지가 워낙 후하게 대해 준 탓에 충성을 바친 거라고 엄마가 입버릇처럼 말했다. "그 옛날 논 스무 마지기에 하루 종일 돌아야 끝이 날 산판까지 모조리 내주었으니 살판난 거지. 넷이나 되는 자식들 모두 서울에서 대학 공부시킨 것도 다 우리 덕"이라고 하면서 아저씨의 수고를 당연하게 여겼다. 그렇더라도 할아버지를 극진히 모셨고, 할아버지가 안 계신 지금까지 우리 집을 자기 집보다 더 정성들여 돌봐 주는 아저씨에게 우리가 신세를 진 것이지 아저씨가 우리 덕을 본다고는 말할 수 없는 일이다.

엄마 말대로 아저씨네 자식들도 모두 서울에서 대학을 졸업하고 좋은 직장을 얻은 탓에 언제든 서울로 옮겨 갈 수 있는 처지인데도 아저씨는 시골사람이 시골을 떠나면 제명대로 살지 못한다면서 마을을 떠나지 않았다. 진짜 이유는 우리 집 관리 때문이라는 걸 나는 잘 알고 있다. 우리 집 제사만 해도 아저씨가 아니면 시골에서 지내는 건 어림없는 일, 돌이켜보면 제사는 아저씨네 가족을 혹사시키는 일이었다. 우리 집 제사는 할아버지 외에 아홉 분 조상을 모셔야 하는데 제사상에 올릴 과일부터 생선까지 일등급으로 구해야 하고, 술은 집에서 빚어야 하며, 물은 산 깊은 곳에서 생수를 떠다가 며칠 동안 정제해야 하고, 제사 때 입는 옷도 손질해야 한다.

내가 준호를 알게 된 것도 우리 집 제사 때문이었다. 할아버지가 살아 계실 때 우리 집 제사는 마을의 작은 잔치 같았다. 제삿날이면 집집마다 마을 어른들을 집으로 초대했다. 집안이 사람들로 꽉 찼다. 그것도 모자라 제사음식을 봉지, 봉지, 만들어 한 집도 빠짐없이 돌렸다. 심부름꾼으로 아저씨네 아이들과 동네 아이들이 동원되었다. 아이들은 몇 그룹으로 나뉘어 동네를 돌았다. 초등학교 5학년 겨울 제사 때 나도 심부름에 동참했다. 나는 아저씨네 아이들을 따라다녔다. 제사음식을 받아든 마을 사람들이 고마워하는 것이 즐거웠다.

그때 나에게 평생 잊을 수 없는 일이 벌어졌다. 아저씨네 아이들이 하리의 준호네 집으로 가 마당에서 "군수 댁에서 왔는데요."라고 외쳤다. 할아버지가 옛날에 군수를 지낸 탓에 마을에서 우리 집을 군수 댁이라고 불렀다. 군수 댁에서 왔다고 하면 집집마다 깜짝 놀란 듯이 맞이하면서 제사음식을 황송하게 받아 들었다. 그런데 준호네 집에서는 좀처럼 내다보지 않았다. 그날은 눈이 많이 내렸다. 우리는 눈을 맞으며 오히려 구걸을 하러 온 것처럼 사람이 나오기를 기다렸지만. 아무리 기다려도 사람이 나오지 않았다. 우리는 반드시 음식을 전달해야 한다는 생각 때문에 끝까지 인내했다. 아저씨네 아이들이 다시 "군수 댁에서 왔는데요."라고 외쳤다.

제사는 닭이 울기 전에 상을 걷고, 나누어 줄 음식은 아침을 먹기 전에 돌려야 했다. 그래서 대부분 부엌에서 아줌마들이 밥을 짓고 있다가 뛰어나와 음식을 받았다. 준호네 집 부엌에서는 밥을 짓는 아줌마도 보이지 않았다. 고요한데, 개만 요란하게 짖어댔다. 아이들이 다시 "군수 댁에서 왔는데요."라고 합창을 했다. 그때서야 남자 아이가 방에서 나왔다. 나보다 나이가 더 먹어 보이는 남자 아이는 귀찮은 얼굴로 우리에게 다가와 음식 봉지를 빼앗듯이 받아 들었다. 고맙다는 인사를 기대했던 우리는 모두 기가 죽고 말았다. 남자 아이는 음식을 받아든 채 나를 쏘아봤다. 눈에 비수 같은 빛을 번득이며 한참을 쏘아보더니 음식 봉지를 거꾸로 들고 옆에 있는 개 밥그릇에 쏟아 버린 것이었다. 개가 숨 쉴 틈도 없이 음식을 집어 삼키기 시작했다. 우리는 파랗게 질린 얼굴로 도망을 치듯 발걸음을 옮기려는데 남자 아이가 나를 향해 말했다. "가서 니네 할아버지께 전해, 군수 댁 제사음식 따위는 개나 줘야 한다고."

나는 울음을 터트리며 집으로 돌아오고 말았다. 할아버지께 는 차마 그 말을 전할 수가 없었다. 그 아이의 말을 이해할 수는 없었지만 할아버지께 해서는 안 될 것 같았다. 그 아이의 말과 행동이 너무 충격일 뿐만 아니라 예의를 전혀 모르는 아이라고 생각했기 때문이었다. 나는 할아버지로부터 예절을 배웠으므로 그런 판단은 할 수가 있었다. 평소 할아버지는 저녁식사를 마친 다음 가족들을 불러 모아 놓고 훈계를 했는데, 나는 아장아장 걷기 시작할 때부터 그런 훈계를 들으면서 자랐다. 아침저녁으로 할아버지께 문안을 드려야 했고, 출타하고 귀가할 때마다 가족들이 대문 앞에 줄지어 서서 배웅하고, 영접했다. 대문 앞에서 영접한 다음 방으로 들어가 할아버지가 자리에 좌정하면 가족들이 서열대로 절을 올렸다. 마을 사람들도 길을 가다가 할아버지를 만나면 허리를 굽혀 인사를 했다. 아줌마들은 머리에 쓴 수건을 벗고 두 손을 공손히 모으며 인사를 했고, 남자들은 모자를 벗고 정중하게 인사를 했다. 그런 식으로 마을 사람들이 모두 존경하는 우리 할아버지였다.

할아버지께는 차마 말할 수 없었지만 엄마에게는 말했다. 엄마가 그 아이를 향해 몹시 화를 낼 줄 알았는데, 화를 내지 않았다. 오히려 "그런 말 입 밖에 내면 안 된다. 친구에게도 말하면 안 돼. 알겠니?"라고 입단속을 시켰다. 엄마는 나만 단속

한 게 아니라 그날 심부름을 한 아저씨네 아이들에게도 입단속을 시키면서 용돈까지 쥐어 주었다. 그날 일을 세상 어느 누구에게도 말해서는 안 된다는 걸로 인식한 나는 엄마가 시킨 대로 입을 꾹 다물었다. 나는 그 후로 다시는 제사음식을 배달하는 일에 끼이지 않았다. 함구하라는 엄마의 명령에 입을 꾹 다물고 살았을 뿐만 아니라 그 아이네 집 쪽으로 눈길도 돌리지 않았다. 사실 그 집 사람들은 마을 사람들과 친하지 않았고, 나에게도 낯설었다. 같은 마을에서 같은 초등학교를 다녔을 텐데 도무지 본 기억이 없을 정도였다. 나는 그때서야 그 집에 대한 내력을 알기 시작했다. 마을 사람들은 그 집을 독립운동가 집이라고 부른다는 것, 옛날에 그 아이 할아버지가 만주에서 독립운동을 하다가 가문이 망했다는 것, 그 아이 이름이 김준호라는 것도 그때서야 알았다. 김준호는 나보다 두 살 위였고 학생이 아니었다. 중학교에 입학은 했지만 겨우 한 학기를 다니다 그만두고 우리 고향과 가까운 여주에 있는 도자기 공장에 다니고 있었다.

준호 할아버지가 가족들을 데리고 일제 때 만주로 갔다가 할아버지는 그곳에서 돌아가시고 해방된 다음 준호네 가족만 돌아왔지만 재산을 모조리 처분해 독립운동에 썼기 때문에 남아 있는 게 없었다. 그것까지는 어쩔 수 없다 치더라도, 독립운동을 했는데도 나라에서 혜택을 받지 못한 채 오히려 빨갱이라는 손가락질을 받고 있었다. 준호 아버지가 빨갱이 짓을 하다가 붙잡혀 총살을 당했다고 했다. 빨갱이라는 말에 겁이 났다. 나를 쏘아보던 눈빛이 떠올랐다. 아이들이 빨갱이들은 눈이 빨개서 빨갱이라 한다고 했다. 북한 사람들은 도깨비처럼 머리에 뿔이 나 있고 눈이 빨갛다고 했다. 누구든지 북한에 대한 말만 해도 도깨비처럼 눈이 빨개져 빨갱이가 된다고 했다. 그렇게 되면 준호 아버지처럼 잡혀가 총살을 당한다고 했다. 어떤 아이들은 준호 아버지가 억울하게 죽었는데, 그렇더라도 그런 말을 함부로 하면 안 된다며 쉬쉬했다. 아무튼 무서웠다. 그래서 엄마에게 정말 준호 아버지가 빨갱이냐고 물었더니 엄마는 버럭 화를 내면서 어떤 말이든 그 집 이야기를 꺼내지 말라고 못을 박았다. 우리 집에서 준호네 이야기는 한마디로 금기어나 마찬가지였다.

엄마 명령에 따라 나는 중학교에 갈 때까지 준호에 대해 관심을 갖지 않았다. 그런데 중학교는 하리로 가는 길과 방향이 같았고, 멀리서 준호네 집이 보였다. 그동안 엄마의 함구령 때문에 꾹 참고 있었던 궁금증이 마치 갈증 난 목마름에 물을 찾듯이 그 집 쪽으로 자꾸만 눈길이 갔다. 사실 만날 용기도 없으면서 그를 만나보고 싶었다. 왜 우리 집 제사음식을 개나 주어야 하는지, 왜 자기 말을 우리 할아버지에게 전하라고 했는지, 꼭 알고 싶었다. 그런데 좀처럼 만날 수가 없었다. 대신 준호 여동생 준희를 만날 수 있었다. 준희는 초등학교 4학년이었다. 준호에게는 준희라는 여동생과 준수라는 남동생이 있었다. 중학교 1학년 1학기 기말고사를 치고 평소보다 조금 일찍 집으로 돌아오던 날, 용기를 내어 그 집 쪽으로 걸어갔다. 준호네 집은 하리에서는 가장 큰 집이었지만 그때도 집이 무척 낡았고 돌담에는 구멍이 숭숭 뚫려 있었다.

그 집 마당을 정면으로 들여다볼 엄두를 내지 못해 돌담 구멍으로 집 안을 들여다봤다. 마당 끝에 서 있는 무화과나무 잎이 시야를 방해했다. 집 안으로 한 발짝 더 내디뎠다. 제사음식을 가져갔을 때처럼 개가 나를 의식했는지 짖어댔다. 겁이 나 다시 담장 밖으로 물러나고 말았다. 그때 준희가 빨래 통을 이고 집 밖으로 나와 다리 아래로 가고 있었다. 다리 아래는 동네 빨래터였다. 나는 다리에 서서 준희가 빨래를 하는 걸 바라보았다. 6월 말인데, 초여름 날씨처럼 더웠다. 더위를 느끼며 다리 아래로 내려갔다. 준희 곁으로 가 얼굴과 손을 씻었다. 준희가 크고 예쁜 눈으로 나를 바라보며 미소를 지었다. 아버지가 빨갱이라면, 빨갱이들 눈이 빨갛다면, 준희 눈도 빨개야 하는데 보석처럼 아름답게 빛났다. 그날 비수 같은 눈빛으로 나를 쏘아보던 준호의 눈도 빨갛지는 않았다는 걸 떠올렸다. 거리감이나 이질감이 전혀 느껴지지 않았다. 편안한 마음으로 준희에게 말을 붙였다.

"니가 준희니?"

준희는 나를 향해 고개를 끄덕였다. 나는 손을 오래오래 씻으면서 준희가 빨래하는 걸 관찰하듯 유심히 바라보았다. 세탁비누를 쥔 손아귀가 찢어질 듯이 늘어나 아파 보였다.

"니가 왜 빨래를 하니? 니네 엄마는?"

"엄만 아프니까."

"그렇게 많이 아프니?"

"밥도 못하는데."

"그럼 누가 밥 지어?"

"내가 지어요."

"세상에, 니가 밥을 짓는다고?"

초등학교 4학년 아이가 밥을 짓는다는 말이 나로서는 이해가 가지 않았다. 나는 준희보다 세 살이나 더 먹었지만 밥을 짓기는커녕 내 양말도 빨아보지 않았기 때문이었다. 나는 사실 준호가 궁금했고, 망설이다가 결국 말을 꺼냈다.

"니네 오빠는 뭐하니?"

"오빠는 공장에 다녀요."

준희는 나를 거부하지 않고 술술 이야기를 잘했다. 준호와 달랐다.

"니네 오빠 학교엔 안 다녀?"

"학교에 어떻게 다녀요. 엄마 약값도 없는데."

나는 이미 들어서 알고 있으면서도 준호에 대한 정보를 듣고 싶어 이것저것 물어보았다.

"약값이 없다고? 그럼 어떡해?"

"그래서 오빠가 공장에 취직했는데, 엄마 약값을 벌려고 밤늦게 와요. 우리가 잠잘 때 왔다가 아침에 눈 뜨기가 무섭게 출근하니까 얼굴도 못 볼 때가 많아요."

준희는 내가 묻지 않는 말도 자세히 해 주었다. 준호는 일요일에도 일을 하러 갈 때가 많다고 했다.

그런데 한 번 준호를 볼 수 있는 아주 특별한 기회가 있었다. 여름방학이었다. 나는 그 해 일을 뚜렷이 기억할 수 있었다. 1971년 4월, 당시 대통령이 연이어 세 번째 당선되었고 아버지는 그때 세상이 끝났다며 좌절했기 때문이었다. 아버지는 그날 학교에서 퇴근하여 돌아와 평소처럼 할아버지 사랑채에 들어가 인사를 드렸다. 그런데 할아버지와 아버지가 주거니 받거니 하면서 서로 언성을 높인 것이었다.

"학교를 그만두겠다니?"

"세상이 이 지경에 이르렀는데 무슨 힘으로 선생을 한단 말입니까. 위에서 내린 명령에 따라 교육하는 꼭두각시 선생은 되기 싫습니다."

"그런 소리 다시는 입 밖에 내지 말고 그저 바람 부는 대로 살아. 무슨 걱정이냐. 위에서 하란 대로만 하면 되는 것을."

"일제 때 친일하면서 편하게 살다가 해방이 되자 다시 권력 잡고 나선 것처럼 말인가요?"

"천하장사도 시류 못 거스르는 법이다. 바람을 누가 막는단 말이냐. 언행 조심하고 때를 기다려."

"이번에 3선 성공하기 위해 대선자금 얼마나 썼는지 아세요? 국가 예산 10퍼센트 이상을 썼다고요. 장장 수백억에 달하는 돈을 썼는데, 이런 사실을 전혀 모르시면서 덮어놓고 시류라고 하지 마시라니까요."

"무슨 수단을 부려 대통령이 됐든지, 또 세 번을 하든 평생을 하든 나라만 잘 살게 해 주면 된다."

"왕조시대처럼요? 나라가 왕의 것인 왕조시대 말입니다."

아버지는 말을 마치자마자 사랑채를 박차고 나왔다. 나는 마당에 섰다가 아버지와 눈이 마주쳤는데 아버지의 눈에는 눈물과 분노가 가득했다. 나는 뭐가 뭔지 알 수 없었지만 아버지가 측은하기 짝이 없었다. 그렇더라도 나로서는 감히 무슨 말을 할 수 없었고 어떻게 하면 준호를 만날 수 있을까 하는 생각에 몰두했다.

그리고 그해 8월 15일 광복절 아침, 학교에서 기념식을 하고 돌아오는 길에 사거리에서 준호를 발견했다. 공장에 있어야 할 준호가 웬일인지 대낮에 자기 집으로 걸어가고 있었다. 반가웠다. 가슴이 쿵쿵 뛰었다. 당장 그의 앞을 가로막고 서서 말을 붙여 보고 싶었지만 막상 그를 보자 용기가 나지 않았다. 그가 마을 사거리를 벗어나고 있었다. 나는 멀찍이 떨어져 그의 뒤를 따라갔다. 준호는 내가 따라가는 걸 아는지 모르는지 총총히 집을 향해 걸었다. 다리를 건널 무렵 준호가 획, 뒤를 돌아봤다. 내가 뒤를 따라간다는 걸 눈치챈 것이었다. 그때 내 눈과 그의 눈이 마주쳤다. 그의 눈이 빛났다. 8월의 땡볕 아래

빛나는 커다란 눈빛이 내 가슴을 관통했다. 가슴이 뻥 뚫려 버린 것 같았다. 뻥 뚫린 그곳으로 알 수 없는 설렘이 태풍처럼 지나갔다. 몸을 반대편으로 돌린 채 내가 어떻게 해야 좋을지 몰라 망설이는 동안 준호는 다리를 건너 자기네 집으로 들어가 버리고 말았다.

나는 준호네 집으로 다가가 돌담 구멍으로 집 안을 들여다보았다. 개가 열심히 짖었다. 개도 대낮에 준호가 온 것이 이상하면서도 반가운지 있는 힘을 다 해 꼬리를 흔들며 짖고 있었다. 준호, 준호 어머니, 준희, 그리고 막내 동생 준수 등 가족들이 사랑채로 향했다. 준호 어머니는 거의 기역자처럼 허리가 굽어 있었다. 준희가 부축을 하며 걸었다. 사랑채 대청마루로 올라간 가족들이 방 쪽을 향해 나란히 줄지어 섰다. 마당 쪽 돌담에서 바라본 내 눈에는 그들의 등만 보였다. 준호가 대청마루 앞쪽에 태극기를 꽂았다. 그런 다음 준호의 말에 따라 가족들이 고개를 숙이고 묵념을 했다. 학교에서 한 것과 똑같았다. 독립운동을 했다는 할아버지를 생각하며 묵념을 했을 것이란 생각이 들었다. 가슴이 뭉클해지면서 눈물이 핑 돌았다. 그걸 하려고 대낮에 집에 온 모양이었다. 광복절 묵념이 끝나자 준호는 쉬지도 않고 다시 집을 나왔다. 공장으로 돌아가는 것 같았다. 나는 멀리 도망치고 말았다.

나는 어느덧 노트에 '김준호'라는 이름을 쓰기 시작했다. 영어 단어를 외우기 위해서 노트를 메우기라도 하듯, 단어 대신 김준호를 쓰고 까맣게 메우기 시작했다. 노트가 한 바닥이 끝나면 다음 장으로 넘어갈 때까지 쓰고 또 쓰면서 그의 눈빛을 떠올렸다. 광복절 날, 나를 바라볼 때의 눈빛은 분명 적의에 찬 눈빛이 아니라는 확신이 들었다. 그런 확신이 들수록 준희를 더 가까이했다. 준희에 대한 연민도 깊어져 갔다. 세탁비누를 쥔 손, 억지로 늘어난 작은 손아귀가 어쩌면 찢어질지도 모른다는 생각에 가슴이 아팠다. 우리 집에는 그때 흔치 않는 가루비누를 사용했다. 우리 집 일을 하는 김 씨 아저씨네 아줌마가 가루비누 덕택에 크게 힘을 들이지 않고 빨래를 한다면서 자랑을 하고 다녔다. 아줌마 말대로 가루비누를 물에 녹인 다음 세탁물을 담갔다가 헹구면 그만이었다. 엄마와 아줌마 몰래 가루비누를 훔쳐다 준희에게 주곤 했다.

"이거 엄청 비싼 건데!"

준희는 가루비누를 보자 감격했다. 빵이나 과자를 준 것보다 더 좋아했다. 준희와 나는 빨래터에서 주로 만났다. 준희는 토요일이나 일요일에 주로 빨래를 하고 나는 준희가 빨래터에 나오는 시간에 다리 밑으로 나갔다. 준희는 물속을 더듬어 조약돌을 고르고 또 골라내어 나에게 선물했다. 어떤 건 새알처럼 동그랗고 어떤 건 물고기 모양, 나비모양, 꽃모양인 것도 있었다. 나도 물속을 더듬어 조약돌을 골라내어 준희에게 주었지만 준희처럼 예쁜 건 좀처럼 찾을 수 없었다.

"준흰 어떻게 예쁜 것만 골라내?"

“빨래 하다가 싫증나면 돌 찾기를 해요. 우리 집에 가면 여러 가지 모양이 있는데 그중에서 송아지를 닮은 걸 가장 좋아해요.”

“꽃모양 나비모양도 있는데, 왜 하필 송아지를 닮은 걸 좋아 해?”

“빨리 송아지를 갖고 싶어서요.”

준희는 소를 키우는데 소가 어서 커서 새끼를 낳는 것이 소원이라고 했다. 소가 새끼를 낳으면 첫 번째 새끼는 주인에게 주고, 두 번째 새끼는 자기가 가질 수 있다고 했다. 나도 준희네 소가 어서 커서 송아지를 낳아 주기를 바랐지만 소가 언제 커서 송아지를 낳을지 답답하기 짝이 없었다.

준희와 이야기를 하면서 나는 준호 소식을 자주 들을 수 있었다. 내가 중학교 2학년 때 준호는 제대로 공장생활을 하기 위해 영등포 공장지대로 일자리를 옮겼고, 기숙사에서 생활하는데 일요일마다 집에 온다고 했다. 준호를 만나기가 더 어려워지고 말았다. 일요일마다 사거리에서 서성거렸지만 늦은 밤에나 오는지 만나지지 않았다. 좀처럼 준호를 만날 수가 없어 행여나 하고 종종 그 집을 훔쳐보았다. 그때마다 준호 어머니가 허리를 제대로 펴지 못하면서도 무언가를 해보려고 애썼다. 어렵게 마당을 쓸기도 하고, 채소를 다듬기도 하고, 걸레를 빨기도 했다. 어떤 날엔 마당 옆 텃밭에서 호미로 밭을 매기도 했다. 그럴 때면 준희가 쫓아가 “밤에 또 아프면 어떻게 해" 하면서 호미를 빼앗았다.

준희 말로는 아버지가 억울하게 빨갱이로 몰려 붙잡혀 갈 때 어머니가 쫓아 나갔다가 경찰이 휘두른 방망이에 맞고 언덕 아래로 굴러 떨어져 척추뼈를 다쳤는데, 치료를 제대로 하지 못해 불구가 되고 말았다고 했다. 시골 사람들과 잘 섞이지 못한 것도 서울에서 내려온 탓이었다. 서울에서 살 길이 없어 준희가 아기 때 시골로 내려온 것이었다. 준희는 말을 할 때마다 눈시울이 붉어졌다. 준희의 말을 듣는 순간 누가 내 머릿속에 '확' 불을 지른 것처럼 이 다음에 꼭 판사가 되어 준희 아버지가 왜 억울하게 빨갱이로 몰려 죽음을 당했는지 알아내야겠다는 생각이 스쳤다. 그때부터 나는 꿈이 무엇이냐고 누가 물으면 이 다음에 판사가 되어 가난하고 슬픈 사람들을 돕겠다고 대답했다.

준호 어머니는 다친 허리가 아려 밤이면 잠을 제대로 잘 수 없다고 했다. 계속 약을 먹어야 하는데 약값이 없어 약을 먹다 말다 한다면서 준희가 울상을 지었다. 준희도 중학교에 입학을 했는데 등록금이 없어 학교를 그만둘지 모른다고 했다.

"소가 커서 새끼를 낳으려면 1년이 걸린대요. 그리고 새끼 하나를 낳으면 다시 1년 후에 새끼를 낳을 수 있대요."

준희 말을 들어보면 소가 커서 첫 새끼를 낳는데 1년이 걸리고, 주인에게 첫 새끼를 주고 난 다음 다시 소가 새끼를 낳아야 비로소 자기 송아지를 갖게 되는 것인데, 그렇다면 자기 송아지를 얻기까지 꼬박 3년이 걸린다는 말이었다. 차라리 아저씨에게 말해 우리 집 소를 한 마리 끌어다 주고 싶었다. 나는 당장 아저씨에게 부탁했다.

"준희에게 우리 소 한 마리 주면 안 돼요?"

"얘는 얘구나. 소는 강아지나 토끼가 아니란다."

아저씨는 웃어넘기고 말았다. 정확하게 알 수는 없었지만 우리 집에는 소가 많았다. 우리 마을부터 시작하여 이 마을 저 마을에서 준희처럼 우리 소를 키우고 있었다. 아저씨는 종이에 이름을 적어가며 소가 잘 크고 있는지, 새끼를 몇 마리 낳았는지 확인하러 다녔다. 어제는 S마을에 다녀왔고 오늘은 D마을에 다녀왔다고 하면서 할아버지께 자세히 보고했다. 새끼를 받으면 또 다른 집에 새끼를 주는 식으로 소가 자꾸 불어났다. 그렇더라도 소는 아저씨 재산이 아닌 탓에 아저씨 마음대로 할 수가 없었다.

준희는 학교에서 돌아오면 소를 먹이러 다녔다. 나도 따라다녔다. 준희는 소를 몰고 산으로 갔다. 다른 사람들은 주로 들에서 소를 먹이는데 준희는 반드시 산으로 올라갔다. 나는 힘든데 왜 산으로만 가느냐고 물었다.

"소가 산 풀을 먹어야 빨리 큰대요. 산 풀이 들풀보다 훨씬 좋으니까."

나는 날마다 소를 끌고 산으로 가자고 했다. 그런데 소는 좀처럼 자라지 않았다. 준희보다 내가 먼저 지치고 말았다.

"오빠처럼 서울로 가 공장에 취직하고 싶은데 엄마 때문에 갈 수도 없어요."

준호가 돈을 제대로 벌기 위해 영등포 공장으로 옮겼지만 약값과 생활비를 충당하기에도 턱없이 모자란다고 했다.

내가 할아버지 금고에서 돈을 훔치기 시작한 것은 그때부터였다. 할아버지 사랑채에는 벽장이 있고 벽장 속에 금고가 있었다. 거기엔 언제나 돈이 차곡차곡 쌓여 있었다. 아저씨가 장날마다 소를 팔아 할아버지께 드리면 할아버지는 그 돈을 벽장 안 금고에 넣었다. 그걸 호시탐탐 노렸다. 할아버지는 금고를 열어 돈을 꺼내고는 잠그는 것을 가끔 잊어버릴 때가 있었다. 나는 그럴 때마다 "할아버지, 금고 안 잠갔어."라고 가르쳐 주고 할아버지는 우리 함이가 기특하다며 칭찬을 해 주었다. 그걸 생각하며 할아버지가 금고를 여는 날을 기다렸다가 돈을 꺼내 준희에게 쥐어주곤 했다. 대신 절대로 준호에게 말을 해서는 안 된다는 약속을 받아냈다. 학용품도 내 것을 살 때마다 두 배 세 배로 사뒀다가 준희에게 주었다. 책도 사 주었다. 우리 집에는 음식이 항상 푸짐하고, 그것도 엄마 몰래 싸다 주는 걸 잊지 않았다. 그럴 때마다 준호가 "군수 댁 제사 음식 따위는 개나 줘야 한다"는 말이 떠올랐다. 도대체 우리 집 음식을 왜, 개나 줘야 하는지 알 수가 없었다. 더욱이 마을 사람들이 모두 존경하는 우리 할아버지를 왜 준호만 그토록 모욕하는지, 나는 그 이유를 언젠가는 준호를 만나 물어봐야 한다는 생각을 버리지 않았다. 그 생각은 내 키가 자라는 것과 함께 내 의식 속에서 성장해 갔다.

나는 고향에서 중학교를 졸업하고 서울에 있는 고등학교에 진학했다. 할아버지의 동생, 작은할아버지 댁에서 학교에 다니기로 했다. 집이 한남동에 있어서 우리 집에서는 한남동 할아버지라고 불렀다. 한남동 할아버지는 아들 둘에 딸 하나가 있었다. 아들 하나는 군 장성이고 또 하나는 고위직 공무원이었다. 막내로 태어난 딸 이연은 불행하게도 서른도 못 되어 어린 아들 하나를 남기고 죽고 말았다. 내가 서너 살 때쯤에 죽었으므로 나는 이연 고모를 본 기억이 없었다. 다만 지금까지 고모에 대하여 내가 알고 있는 정보는 국내에서 법학을 공부했으며 독일에서 철학을 공부했다는 정도였다. 아무튼 아들도 모두 따로 살고 있는 조용한 집에 내가 입주하게 되자 한남동 할아버지와 할머니는 나를 무척이나 반갑게 맞이했다.

한남동에는 부잣집들이 많이 모여 있고 한남동 할아버지 댁도 그중 하나였다. 70대인 한남동 할아버지는 아침마다 승용차로 나를 학교에 태워다 주는 일을 맡고 나섰다. 말려 봐야 소용이 없었다. 할 일이 없는 터라 잘됐다면서 신바람이 난 듯했다. 초등학교 때는 우리 할아버지가 학교에 데려다주는 일을 담당하셨는데 고등학교 때는 한남동 할아버지가 나선 것이었다. 그렇다고 한남동 할아버지가 할 일 없이 노는 분이 아니었다. 종종 공무원인 아들과 군인 아들이 집에 들렀다. 때로는 시커먼 정장을 한 사람들이 대여섯 명씩 떼를 지어 찾아오는가 하면 묵직한 선물상자가 거실에 쌓였다.

그들이 오면 무언가 비밀스럽게 회담을 하는 것처럼 이야기를 나누고 돌아가곤 했는데 대부분 정치 이야기였고 분위기는 진지하기 짝이 없었다. 누구는 진급시키고 누구는 모가지를 잘라야 한다는 것부터 데모 주동자 학생들을 다시는 햇빛을 볼 수 없도록 때려잡는다는 말이 나오기도 하고, 중앙정보부가 어떻고, 반정부 신문사와 방송국은 가차 없이 문을 닫도록 조치를 취해야 한다는 말이 오갔다. 그때까지도 나는 한남동 할아버지의 전직이 무엇인지 알지 못했는데 나중에 알고 보니 일제강점기 때 경찰 간부 요직을 거친 분이었다. 한남동 할아버지네 집은 이층 양옥이고, 내가 사용하는 방은 이층에 있었다. 이층 한가운데 작은 거실이 있고 방이 두 개가 있었다. 내가 하나를 사용하고 방 하나는 비어 있었다. 그리고 옥상으로 통하는 계단이 있었다. 나는 밤에 공부를 하다 졸리거나 피곤하면 옥상으로 올라가 밤하늘을 바라보며 머리를 식히곤 했다. 옥상으로 올라가는 계단 아래 다락방이 있었는데 그곳이 늘 궁금했다. 열어보고 싶었다.

7월, 더운 날씨에 몸이 나른해지면서 자주 옥상을 찾던 중 어느 날 다락방 문고리를 비틀자 문이 덜컥 열렸다. 방 안에는 낮은 책장이 놓여 있고, 거기에 오래된 책들이 꽂혀 있었다.

책장 옆으로는 봉인되지 않은 박스가 여러 개 줄지어 놓여 있었다. 호기심이 발동해 박스를 열어 보았다. 어떤 박스에는 책들이 가득 들어 있고 어떤 박스에는 앨범이 가득 들어 있었다. 앨범부터 열어 젖혔다. 앨범에는 사진 한 장 없이, 각종 훈장과 한문과 일본어로 된 상장들로 채워져 있었다. 내 능력으로는 무슨 상장인지 읽을 수가 없었지만 할아버지의 이름 이훈李勳과 업무에 충실한 공훈이란 것 정도는 알 수 있었다. 각종 계급장도 있었다. 경찰계급장이었다.

그런데 정작 놀라운 것은 책을 모아 놓은 박스에서 발견한 연이 고모 일기장이었다. 웬만한 소설책 두께의 일기장에 깨알처럼 써 놓은 글은 대부분 우울하고 슬펐다. 무작위로 펼쳐 본 내용 가운데 "해가 찬란하게 빛난다. 이런 날엔 눈을 뜰 수가 없다. 육의 눈이 부셔서가 아니라 영혼의 눈 탓이다. 눈을 들어 하늘을 보기가 죄송한 탓이다. 나는 병들어 가는가. 가장 가까운 나의 부모님과 혈육들과도 말하기조차 싫어진다. 날이 갈수록……."이라는 것만 보더라도 고모가 심리적으로 무척 힘든 상태에 놓여 있었다는 것을 짐작할 수 있었다. 눈을 들어 하늘을 보기가 죄송하다는 것은 세상에 대하여 미안하다는 의미였다. 이 구절을 보자 언제나 미안하게 생각하면서 살아야 한다고 당부하는 아버지가 떠올랐다. 엄마로부터 별종이라는 말을 들을 정도로 남에게 곧잘 미안해하는 내 성격과도 비슷하다는 생각이 들었다. 나를 더욱 놀라게 한 것은 아이를 걱정하는 말 "도무지 이해하기 힘든 세상에 너를 낳아서 미안하구나. 너도 이 다음에 가문의 전통을 따라야 하겠지. 가문을 위하여 높은 곳을 향하여 물불 가리지 않고 그곳에 오르기 위하여 갖은 방법을 모색해야 하겠지. 불합리한 일도 마다하지 않고 말이다……."라는 내용이었다. 가문이라는 말은 나에게 익숙한 말이었다. 고모도 한남동 할아버지로부터 귀에 못이 박히도록 들었던 모양이었다. 공감을 뛰어넘어 동병상련 같은 심정이 느껴졌다.

나는 주저 없이 고모 일기장을 몰래 감추었다. 내 방에서 편하게 보고 다시 제자리에 갖다 놓을 생각이었다. 내 방에서 편하게 읽어 보는 글은 구체적인 감정이나 정황을 자세히 쓰기보다는 대부분 상징적이었다. 글 제목 대신 날짜가 적혀 있어서 일기장으로 보일 뿐, 일기장이라기보다는 고백 에세이였다. 외국에서 유학을 한 엘리트였으므로 역시 다르다는 생각이 들었다. 그 가운데 정황이 확실한 내용은 자신의 학력에 대하여 스스로 비판하는 글이 유일했다. "나는 해방 이전부터 지금까지 특권을 누려 온 나의 아버지 덕택에 외국 유학까지 어렵지 않게 공부할 수 있었다. 그 덕에 어딜 가나 하늘처럼 떠받들며 우러러보는 대접을 받고 있다. 나를 하늘처럼 우러러보는 사람들은 공부를 하지 못한 사람들이다. 그들은 일제치하에서 종처럼 가난했기 때문이라고 한다. 그래서일까, 그들이 나를 하늘처럼 떠받들며 우러러볼 때마다 내 뼛속에서 톱질소리가 난다. 톱질소리는 착취, 착취, 라는 소리를 낸다. 나는 그들의 무언가를 착취한 모양이다."라는 글이었다. 나에게 무언가를 하소연하는 것 같기도 하고, 어떤 당부를 하는 것 같기도 했다. 전율하는 충격과 함께 연이 고모와 우리 아버지 그리고 나 사이에 등식이 성립되는 느낌이 들었다. 연이 고모에 대한 연민과 그리움이 솟구쳐 올랐다.

일기장 외에 고모에 대한 물건이 더 있을지 몰라 그 방에 다시 들어가 보기로 했다. 어느 날 다시 그 방으로 들어가 일기장이 나왔던 박스를 뒤졌다. 더 이상 일기장은 나오지 않았고 누렇게 변색된 흑백 사진을 찾아냈다. 대학시절에 찍은 사진이었다. 비로소 고모 얼굴을 알게 된 나는 기쁨을 감추지 못한 채 방을 나와 문을 닫으려는데, 때마침 과일을 가지고 2층으로 올라오시던 할머니가 깜짝 놀라며 "거기서 뭐하니?"라고 했다. 그때부터 문이 잠기고 말았다. 문이 잠기는 바람에 고모 일기장을 제자리에 돌려놓지 못한 채 졸지에 내가 간직하게 되었다. 설사 문이 잠기지 않았더라도 나는 고모 일기장을 다시 제자리에 갖다 놓지 않았을 것이었다. 그 후 나는 연이 고모 일기장에 대하여 푸른 석류처럼 입을 꼭 다물어 버리고 말았다. 석류가 가을을 기다리며 제 속에서 붉은 열매를 만들어 가듯이 내 속에서 연이 고모가 말하지 못한 무언가가 조금씩 익어가기 시작했다.

한남동 할아버지는 여전히 아침마다 나를 학교에 태워다

주는 일을 멈추지 않았다. 학교 교문까지 들어와 "열심히 공부해야 한다."는 당부도 잊지 않았다. 그럴 때마다 경비 아저씨가 허리를 굽혀 할아버지께 공손히 인사를 하는 것이었다. 경비 아저씨는 나에게도 특별대우를 했다. 이를테면 하교시간에 내가 교문을 나설 때마다 일부러 경비실 밖으로 나와 마치 할아버지 흉내를 내는 것처럼 "공부 열심히 해라."라고 했다. 경비 아저씨는 내가 한남동 할아버지의 친손자인 줄 알고 있었다. 어느 날인가는 경비 아저씨가 나를 부르더니 "그분이 너의 큰아버지쯤 되시지?"라고 물었다. 나는 무슨 소린지 몰라 어리둥절해 하자 "이숭 장관님 말이다."라고 했다. 이숭은 고위직 공무원이라는 한남동 할아버지의 아들이었다. 나는 그때서야 경비 아저씨가 할아버지께 인사 하는 이유를 알 것 같았다. 경비 아저씨가 가르쳐 준 것은 또 있었다. "옛날에는 날아가는 새도 떨어뜨리는 분이셨는데 손녀딸 학교에 데려다 주는 모습을 보니 참 보기가 좋다."고 했다. 나는 빙그레 웃고 말았다. 그리고 친할아버지가 아니라는 말도 하지 않았다. 그것도 한남동 할아버지의 후광일 테고 경비 아저씨가 특별히 알아봐 주는 게 싫지 않았다. 어느 순간 선생님들과 학생들 사이에 내가 신분이 대단한 집안 자손이라는 소문이 퍼졌다. 한남동에서 산다는 자체가 그걸 말해 주고도 남았다. 한남동 할아버지의 배경은 마치 베일이 벗겨지듯 그렇게 서서히 내 의식 속으로 들어왔다.

나의 고교시절은 3선에 성공한 대통령이 다시 유신헌법을 만드는 시기였다. 세상이 살얼음판을 딛는 것 같았다. 대학생들부터 고등학생들까지 데모가 그치지 않았다. 우리 학교 학생들도 데모에 다녀왔다는 이야기를 늘어놓았다. 나는 한남동 할아버지가 통학을 시키면서 철저하게 단속하는 탓에 단 한 번도 데모에 참석할 수가 없었다. 할아버지는 데모라는 말조차 꺼내지 못하게 했다. 대통령은 대통령긴급조치를 연달아 발령하면서 비상군법회의를 설치하고, 헌법논의를 금지시키고, 언론도 통제하고, 청년들과 학생들의 단체 활동을 금지시켰다. 결국 현실이 아버지에게도 들이닥쳤다. 1975년 봄 대통령은 긴급조치 7호를 발령하여 데모를 주동한 대학마다 휴교령을 내렸고 아버지는 결국 사표를 내고 말았다. 그런데 사표를 내는 것으로 깔끔하게 끝나지 않았다. 학생들에게 데모를 유도하는 발언을 했다는 의심을 받으면서 불려 다니게 되자, 한남동 할아버지가 아버지를 야단치면서 달랬지만 아버지는 소신을 굽히지 않았다.

"선생이란 사람이 철없는 아이들이 떠드는 데 편승해서 함부로 말하고 함부로 사표를 내다니, 제정신이냐?"

"제정신이니까 사표를 냈지요."

"괜한 고집 피우지 말고 없었던 일로 해. 내가 수습할 테니. 한순간에 인생 절단 나는 수가 있어."

"독재도 모자라 영구집권을 하겠다는데 이런 세상에서 선생을 하란 말씀인가요. 전 못합니다."

아버지는 2년 전 우리 할아버지 앞에서 했던 말을 그대로 하고 있었다.

"영구집권이면 어떻고, 장기집권이면 어때. 나, 내 집안이 잘 되면 그만이지 뭐가 문제야."

한남동 할아버지도 우리 할아버지처럼 말했다.

"그건 국민이 주인인 나라가 아니지요. 아무리 한 형제라지만 아버지나 작은아버지나 어쩌면 그렇게도 똑같으세요."

"이런 답답한 사람 봤나. 영구집권자 아래 영구적 출세가 보장되는 법이야. 정권 자주 바뀌면 어림도 없어."

"대통령의 영구집권을 이용해 영구적 기반을 쌓으라는 말씀이군요."

"바로 그거야. 대통령이 영구집권을 할 수 있도록 도우면서 내 앞날도 마르지 않는 샘물처럼 만들어가는 것이지. 나와 가문을 위해서라면 못할 일이 없다."

한남동 할아버지의 생각은 우리 할아버지와 비교가 안 될 정도였다.

"작은아버지, 연이 생각을 해서라도 이젠 그런 생각 버리시라구요. 연이가 왜 목숨을 끊었는지 아직도 모르세요?"

"가문을 배신한 그 따위는 내 자식 아니야. 내 앞에서 다시는 그 애 말 입에 올리지 마."

아버지의 말은 연이 고모가 자살했다는 말이었고, 자살한 이유가 한남동 할아버지에게 있다는 말이었다. 그때까지만 해도 나는 연이 고모가 어떻게 죽었는지 알지 못했으므로 깜짝 놀랐다. 한남동 할아버지는 연이 고모 말이 나오자 표정이 잿빛으로 변해 있었다. 자식이 아니라고 부정을 하면서도 속은 그렇지 못한 모양이었다. 하긴 자식으로 치지 않는다면 고모 물건을 보관할 리가 없었다.

아버지는 우리 할아버지보다 한남동 할아버지와 갈등이 더 심한 것 같았다. 한남동 할아버지는 재야에 묻혀 있는 것 같았지만 당시 정치권과 연결되어 있는 탓이었다. 독재 정권과 각을 세우고 있는 장준하 선생이 의문의 죽음을 당했을 때도 아버지는 마치 한남동 할아버지 탓인 것처럼 한남동으로 달려와 항의하듯 캐물었다.

"작은아버지는 장준하 선생이 왜 죽었는지 아시잖아요?"

"제 발로 산에 올라가 떨어져 죽었는데 누굴 탓하는 거야."

"그게 아니잖아요?"

"국민이 자살하는 것까지 정부가 책임지란 말이야? 죽고 싶은 놈은 죽으라고 해."

장준하 선생이 산에 갔다가 절벽에서 떨어져 사망했다는 뉴스가 나왔고, 자살했다는 말이 돌았다. 아버지는 그럴 리가 없다면서 억울함을 참지 못했다. 아버지가 억울해하는 것은 장준하 선생의 죽음을 전후한 분위기 때문이었다. 1975년 2월 대통령 긴급조치의 공포 분위기 속에서 유신헌법 찬반 국민투표를 실시하여 대통령에게 초헌법 권한을 부여하는 유신이 합법화되고 말았다. 삼권분립과 견제와 균형이라는 의회 민주주의의 기본원칙을 전면 부정한 것이었다. 그리고 그해 8월 광복절 다음 날 민주화를 위해 지금까지 싸워온 장준하 선생이 의문의 죽음을 당하자 아버지는 억울한 심정을 펴낼 곳이 없어 노트에 썼다.

> 이제 세상은 독재자의 것이 되고 말았다. 갈수록 험악해져 가고 있다. 그래서 더욱 선생이 그립다. 장준하 선생은 강자에게는 강하고 약자에게는 약한 분이었다. 국가원수 모독죄로 감옥살이를 할 정도로 무소불위 독재자에게 항거한 사람이 가끔 '그 처녀아이' 손등이 떠오른다며 울적해 했다. 어느 해 겨울 사상계 동료들과 몇몇 교수들과 저녁을 먹기 위해 식당에 갔다. 나도 거기 있었다. 맥주 한잔하기 위해 맥주를 시켰다. 그날 스무 살쯤 됐을까? 음식과 맥주를 나르는 처녀아이 손등이 나무껍질처럼 터서 보기만 해도 쓰라려 보였다. 처녀아이 손등을 유심히 바라보던 선생은 그날 맥주를 마시지 않았다. 그 후에도 그 처녀아이 손등이 떠올라 맥주를 마시지 않는다고 했다. 우리가 보기에도 안쓰럽긴 했지만 우리는 그저 그러려니 생각했을 뿐이었다. 민주주의를 위해 독재 권력과 맞서 싸우다가 어느 날 느닷없이 목숨을 잃은 장준하는 그런 인간이었다.
>
> 돌이켜보면 애초에 우리의 꿈이 너무 화려했는지도 모른다.

절대왕정을 무너뜨린 프랑스 혁명에 비유되는 4·19혁명이 끝났을 때 우리는 소위 국민이 주인이 되는 세상을 꿈꾸고 있었다. 그런데 뜻밖에도 군인들이 쿠데타를 일으킨 것이었다. 그들은 나라의 부패와 구악을 일소하고 퇴폐한 국민 도의와 민족정기를 바로 잡겠다는 6개 항의 공약을 천명하고 나섰다. 다행히 거기에 4·19 정신이 들어 있어 우리 같은 지식인들이 기대를 걸었다. 장준하 선생을 중심으로 한국의 지성들이 모인 사상계 인사들과 유력한 언론을 통해 지식인들이 계속 주장해 온 생각과 대부분 일치한 탓이었다. 무엇보다도 나라를 바로잡은 다음 선거를 통해 훌륭한 대통령을 선출하여 정권을 이양한다는 약속이 우리를 안심하게 했다. 한편으로는 젊은 군인답고 사내답다고 생각했다. 결국 이런 이유로 우리는 그의 생각에 전폭적인 지지를 보내면서 순박하게도 훌륭한 대통령이 탄생하기를 손꼽아 기다렸다.

그런데 학생들이 군정연장 반대를 외치기 시작하고, 재야 함석헌 선생이 "꽃은 필 때는 천지가 눈부시게 피었다가도 수정이 된 다음엔 깨끗이 떨어져야 꽃의 값이 있다"고 일침을 가할 정도로 그는 군정을 끝낼 생각을 하지 않았다. 그는 결국 군정 2년 5개월을 보낸 다음 1963년 10월 15일 대통령이 된 것이었다. 약속을 어기고 대통령이 된 그는 권력 강화를 위해 비상계엄, 특별선언을 선포하기 시작했다. 우리는 갈수록 절망하고 그는 갈수록 욕망을 키워갔다. 그는 1967년 5월 3일 또다시 대통령이 되었다. 그는 대통령 자리를 결코 내주고 싶지 않았다. 이번에는 3선을 꿈꾸며 헌법 개정을 시도하고 나섰다. 야당이 재야와 함께 저항하고, 학생들이 일어서고, 지식인들이 뭉쳐 결사적으로 몸부림쳤지만, 1967년 9월 14일 새벽 2시 집권당이 3선 개헌안 국민투표 법안을 국회 제3별관에서 야당 몰래 전격 가결 처리하고 말았다.

그는 3선 개헌 성공으로 1971년 4월 27일 또다시 대통령이 되었다. 그는 다시 마지막 코스 유신을 향해 달렸다. 종신 대통령으로 가는 유신헌법 만들기가 시작되었다. 그 어느 때보다도 강력한 비상사태와 특별선언이 이어졌다. 1971년 12월 6일 국가비상사태를 선언하고, 1972년 10월 17일 전국에 비상계엄을 선포했다. 살벌한 비상계엄 속에서 그는 유신에 대한 대통령 특별선언을 공표했다. 비상계엄 선포, 국회해산, 정당 및 정치활동 금지, 헌법의 효력을 일부 정지시키고 이를 비상 국무회의가 대행한다는 전제 아래 헌법개정안을 공고한 것이었다.

그리고 유신헌법에 대한 개헌투표를 실시하여 투표율 91.9퍼센트에 찬성 91.5퍼센트로 개헌을 확정짓는 데 성공했다. 이어서 유신헌법을 지키기 위한 공포의 긴급조치를 발령하기 시작했다. 1974년 1월 8일 대통령 긴급조치 제1호를 시작으로 유신헌법의 비판에 따른 국민의 입과 행동, 생각 모든 것을 금지시켜 버렸다. 긴급조치의 공포, 유신 헌법을 부정하거나 반대하거나 왜곡, 비방하거나 개정이니 폐기를 주장하거나 이런 분위기를 선동하는 행위를 하는 자는 영장 없이 체포 구금할

뿐만 아니라 사안에 따라 사형에 처한다고 했다.

장준하 선생이 침묵할 리 없었다. 이때 선생이 목숨 걸고 비판공세를 펼치다가 긴급조치 1호 첫 번째 구속자가 되어 징역 15년에 자격정지 15년을 받았다. 지난날 1967년 4월 대통령 모독죄로 투옥된 것에 이어 두 번째였다. 이 살벌한 시대에 장준하 선생이 갑자기 의문의 죽음을 한 것이었다. 자살이라고? 민주주의를 위해 싸워야 할 사람이 그렇게 죽어 버릴 수는 없었다. 그리고 내가 울분을 토할 곳은 한남동 작은아버지뿐이었다. 작은아버지는 무엇인가를 알고 있을 거라는 짐작 때문이었다.

재회

고통을 잉태한 그의 손을 잡았다. 그가 살아온 날들의 아픔이 내 가슴을 관통했다. 신은 인간의 고통을 치유하기 위해 시간을 만들었다고 한다. 그래서 어떤 고통도 시간이 가면서 작아지거나 대부분 사라지게 마련이다. 어떤 극렬한 증오도 마치 쇠에 녹이 슬어 부슬부슬 떨어지듯 시간을 따라 서서히 사라질 수밖에 없다. 그런데 그것들이 사라질 동안 눈물을 흘려야 한다. 뼈를 깎는 고통을 이겨내기 위해 이를 악물고 눈물을 흘려야만 한다. 준호의 손이 그걸 말해 주었다. 잘생긴 얼굴과 달리 거친 손, 나무껍질처럼 거칠고 코끼리 거죽처럼 매듭 굵은 그의 손이 그걸 말해 주었다.

— 손을 잡던 날

서울에서 공부를 하면서도 준호를 잊지 않았다. 영등포 지역에서 공장생활을 하는 준호가 부촌 한남동에 나타날 턱이 없는데도 혹시나 만나지지 않을까 하는 막연한 생각을 줄곧 했다. 한남동과 멀지 않은 남산에 가끔 올라갔고 그때마다 야외음악당을 맴돌았다. 음악당 앞 운동장에서 준호와 비슷한 남자들이 여자 친구들과 배드민턴을 치는 걸 볼 수 있기 때문이었다. 준호가 그렇게 한가한 사람이 못 된다는 것은 그때까지도 깊이 생각해 보지 못한 탓이었다.

준희는 방학 때면 고향에 내려가 만날 수 있었다. 입시준비에 한창인 고등학교 3학년 여름방학 때도 고향에 내려갔다. 엄마는 공부에 가장 집중해야 할 시간인데 내려왔다면서 나무랐지만 준희라도 만나 보고 싶었다.

"쓸데없이 뭐하러 내려와. 대학시험이 코 앞인데. 너 법대 보내는 게 할아버지 소망이라는 거 잘 알면서."

나는 엄마 말을 듣는 둥 마는 둥하면서 곧장 준희를 만나러 하리로 갔다. 사람은 보이지 않고 개만 짖어 댔다. 한여름인데 방문이 꼭꼭 닫혀 있었다. 개 짖는 소리도 옛날 같지 않았다. 슬픈 울음소리처럼 들렸다. 마당가에 서 있는 무화과나무만 넓은 잎을 활짝 펼쳐 놓았을 뿐, 사람이 살지 않았다. 곧 김 씨 아저씨를 통해 준호네가 서울로 이사 갔다는 걸 알았다. 준호가 일요일마다 집에 왔다 갔다 하는 것이 힘든 탓이라고 했다.

"잘 떴지 뭐냐. 아무도 모르는 서울이 속 편하지. 빨갱이니 뭐니 해 가면서 좀 수군댔어야지. 그렇다고 딱히 먹고살 길이 있는 것도 아닌데."

아저씨는 말을 하면서 쓸쓸한 표정을 지었다. 빨갱이라고 수군댔다는 말은 나도 어린시절 들었던 말이었다. 서운하긴 하지만 아저씨 말대로 차라리 잘됐다는 생각이 들었다. 개는 이웃 사람에게 주고 갔는데 옛 주인을 못 잊어 빈 집을 찾아가 짖어 대는 거라고 했다. 준희와 놀았던 숙교 아래 빨래터로 갔다. 그때처럼 물속을 더듬어 조약돌을 찾아보았다. 마치 추억을 찾듯이 조약돌을 집어 올렸다가 버리고 다시 찾기를 되풀이했다. 나는 어느덧 준희처럼 송아지를 닮은 걸 찾고 있었다. 아무리 되풀이해도 송아지를 닮은 걸 찾을 수가 없었다. 갑자기 눈물이 솟구쳐 올랐다. 자칫하다가는 엉엉 소리 내어 울 것만 같은데 동네 아줌마들이 빨래를 하러 냇가로 왔다. 나는 눈물이 솟구쳐 오른 눈을 감추기 위해 후다닥 세수를 하고는 개울에서 나오고 말았다.

엄마에게 등 떠밀리지 않더라도 준호와 준희가 없는 고향에 더 이상 있고 싶지 않았다. 그 후로 입시 때문에 준호, 준희에 대해 더 이상 신경 쓸 겨를이 없었다. 설사 그들을 만난다 하더라도 당장 내가 할 수 있는 일이 아무것도 없었다. 다만 보고 싶다는 것, 그립다는 것, 그런 감정뿐이었다. 보고 싶어서 보고 난 다음 내가 무얼 어떻게 하지? 그건 다만 내 감정에 대한 만족을 채우는 것에 불과하다는 생각이 들었다. 대신 반드시 법관이 되어야 한다는 다짐이 솟구쳐 올랐다. 준호, 준희 아버지가 억울하게 죽었다는 말을 들었을 때 법관이 되어 반드시 진실을 밝혀내리라 다짐했던 결심이 다시 솟구쳐 오른 것이었다. 그렇다면 내가 해야 할 일은 오로지 공부에만 몰입하는 것이었다. 엄마는 내가 법대에 가는 게 할아버지의 소망이라고 강조했지만, 할아버지의 소망이기 전에 나의 소망이었다.

그래서 나는 열심히 공부했고, 법대에 당당히 합격했다. 할아버지의 소망도 이루어진 셈이었다. 할아버지는 우리 집에 판사 하나쯤은 나와야 하고 정치가도 나와야 한다면서 "우리 함이는 내가 꼭 판사를 만들 것이야."라는 말을 자주 했다. 할아버지는 법학을 공부하면 만사형통한 것으로 알았다. 정치뿐만 아니라 뭐든 다 할 수 있는 능력을 갖게 되니 꼭 법률가가 되어야 한다고 강조했다. 돌이켜 보면 할아버지는 아버지가 정치를 하기 바랐지만 말을 듣지 않자 나에게 희망을 건 것이었다.

"법을 알면 무슨 일을 하든지 사람들 위에 설 수 있는 것이다. 그뿐인 줄 아느냐. 세상 모든 사람들이 괄목상대刮目相對하는 높은 관료가 될 수도 있는 게야. 그쯤은 해야 가문을 빛낼 수 있지 않겠느냐."

'인간은 사회적 동물'이라는 말은 곧 '인간은 법적인 동물'

이라는 말로 통한다. 그만큼 사람은 법을 떠나서 존재할 수 없다는 말이므로 할아버지의 생각이 틀렸다고는 할 수 없었다. 그런데 할아버지가 아는 법률가는 불의로부터 약자를 보호한다거나 정의로운 사회를 만드는 것이 아니라 오로지 사람 위에 군림하는 권력으로만 생각한 것이었다. 모든 게 가문 탓이었다. 관료나 정치를 선망한 것도 가문을 빛내기 위해서였다.

아무튼 나는 법대생이 되었고, 대학 캠퍼스에 들어서자 새로운 세계가 열렸다. 우선 가시적인 풍경부터 달랐다. 자타가 인정하는 성인으로서 각자 개성에 따라 입는 옷이며 남녀가 함께 걷는 풍경이 신비로웠다. 그런데 점점 그 신비로운 풍경을 볼 때마다 문득문득 싸늘한 적막감이 스쳤다. 그런 적막감 속으로 준호가 빛처럼 휙 지나가곤 했다. 마치 뿌리가 겨울 동안 땅속 깊이 숨어 있다가 봄을 만나자 싹이 트는 것처럼 그는 분명히 내 의식 어딘가에 꼭꼭 숨어 있다가 이제 막 성년이 된 나를 흔들어 댄 것이었다. 그런데 뜻밖에도 그 빛이 현실적으로 내 눈앞을 휙 지나가는 것이었다.

을지로였다. 거긴 인쇄소가 모여 있는 곳인데 교수님 심부름으로 그곳에 자주 갔다. 그날도 친구와 함께 교수님 인쇄물을 찾으러 갔었고, 우리가 인쇄소로 들어가는데 바로 옆 인쇄소에서 나오는 남자가 있었다. 다소 긴 머리가 얼굴을 가렸지만 머리카락 사이로 눈빛이 선명하게 빛났다. 나는 직감적으로 준호를 떠올렸다. 친구를 버려 두고 옆 인쇄소로 들어가 그가 누구이며 무엇을 하는 사람인지 물었다.

"S교회에서 온 것밖에 몰라요. 우리 인쇄소에서 주보를 찍기 때문에 금요일마다 와서 주보를 찾아가죠."

"그 교회 어디 있죠?"

"충무로에요."

S교회를 찾아 을지로와 경계를 이룬 충무로를 뒤졌다. 평일이라 교회는 문이 닫힌 채 고요했다. 주일을 기다렸다. 그날은 금요일이었고 이틀을 기다리는 시간이 천년 같았다. 드디어 일요일이 돌아오고, 교회로 갔다. 태어나 처음으로 교회에 발을 디뎠다. 교회에서 나를 대환영했다. 교회는 남녀노소를 불문하고 가진 자나 못 가진 자나, 지식의 유무나 신분의 높낮이를 가리지 않고 환영하면서 새로 들어온 새 신자에게 교회 전체가 총력을 기울였다. 더욱이 나는 전도유망한 대학생이었다. 그때만 해도 대학생은 어딜 가나 환영받는 존재였다. 나는 대학생들이 소속된 청년부에 합류되었다. 청년부는 대학생뿐만 아니라 만 20세 이상부터 30세까지 구성되어 있었다.

정말 거기에 준호가 있었다. 내가 그렇게도 만나고 싶어 하던 김준호가 틀림없었다. 금요일 인쇄소에서 본 그 얼굴이었다. 긴 머리가 얼굴을 가렸지만 역시 눈빛이 강렬하게 빛나고 있었다. 준호는 나를 봤는지 보지 못했는지 알 수 없었다. 예배가 끝나고 청년 두 명이 나에게 다가와 누구의 인도로 왔느냐고 물었다. 한 명은 여자이고 한 명은 윤태영이었다. 윤태영은 공교롭게도 우리 학교 법대 3학년에 재학 중이었다. 나보다 2년 선배였다. 새 신자 담당인 윤태영이 나를 챙겼다. 나는 그들의 질문에 대답하기보다는 준호를 의식하면서 주변을 둘러봤다. 그런데 준호는 금세 어디론가 사라지고 없었다. 윤태영이 다시 인도자가 누구냐고 물었다. 나는 부지불식간에 김준호라고 대답했다.

"어머, 준호 형제가?"

여자 청년이 뜻밖이라는 듯 놀랐다.

"바쁜 사람이 새 신자 인도까지 하다니."

윤태영도 마찬가지 반응을 보였다.

"그런데 준호와 어떻게 아세요?"

여러 사람들이 그런 식으로 질문을 했지만 그들은 나를 준호 여자 친구로 보지는 않았다.

"고향 친구예요. 아니 고향 오빠라고 해야 맞나? 아무튼 같은 고향이에요."

두서없이 그 정도로 말을 해 놓고 나자 걱정이 앞섰다. 준호에게 아직 이렇다 할 말 한 마디 건네 보지 못한 처지였다. 초등학교 5학년 이후 그것도 잠깐 마당에서 나를 쏘아보며 마치 활을 쏘듯이 매몰찬 말을 던진 이후 무려 9년만이었다. 문득 까마득하다는 생각이 들었다. 그동안 나는 계속 그를 생각하고 있었으므로 내 마음속에 그가 가까이 있었다고 할 수 있지만, 그는 전혀 아닐 것이었다. 나를 기억하기는커녕 내 이름을 알고 있기나 하는지 의문이었다. 설사 어린 시절 나를 기억한다 하더라도 피차 몰라보게 성장한 터였다. 나만해도 그랬다. 단발머리를 나풀대던 초등학교 5학년 소녀의 모습은 흔적 없이 사라져 버렸고, 큰 키에 삼단 같은 머리가 등을 덮었다. 굽이 높은 구두를 신었고, 옷도 맵시 나는 숙녀복을 입었다. 그가 쉽게 알아볼 리 없었다.

그다음 주에도 교회에 나갔지만 준호는 보이지 않았다. 준호 인도로 왔다고 했기 때문에 그가 왜 보이지 않는지 물어볼 수도 없었다. 그다음 주에도 보이지 않았다. 갑자기 벽 앞에 선 것처럼 답답했다. 청년부 팀장 윤태영에게 물어보기로 마음먹었다. 그런데 예배시간이 끝나자 윤태영이 준호에 대한 광고를 한 것이었다.

"준호 형제가 오늘도 과로 때문에 교회에 나오지 못했습니다. 준호는 알리지 말아달라고 부탁했는데, 제가 임의로 알리는 것입니다. 기도를 부탁드리기 위해서입니다. 형제 여러분의 많은 기도 부탁합니다."

"병원이 어딥니까? 그래도 가 봐야죠."

누군가 병원이 어디냐고 물었지만 병원은 말해 주지 않았다. '오늘도'라고 하는 것으로 봐 이번이 처음이 아닌 모양이었다. 이해가 갔다. 가족을 부양하자면 과로한 삶을 피할 수 없을 것이었다. 마음 같아서는 병원 좀 가르쳐 달라고 하고 싶었지만 무턱대고 나설 수가 없었다.

"준호 형제를 위해 다 함께 통성으로 기도합시다."

윤태영이 선창하듯 소리 내어 기도를 시작했다. 모두 고개를 숙이고 저마다 큰 소리로 기도를 했다. 나도 고개를 숙였다. 한 번도 기도를 해 본 적도 들어 본 적도 없었다. 눈을 꼭 감고 두 손을 힘껏 쥐고 무릎을 꿇고 앉아 그를 생각하자 '그를 도와주세요. 그를 지켜주세요…….'라는 말이 흘러나왔다. 청년들이 기도를 하면서 여기저기서 우는 소리가 들렸다. 내 눈에서도 눈물이 흘러 내렸다. 알 수 없는 일이지만 사실 소리 내어 울고 싶은 심정이었다.

네 번째 주에야 그가 교회에 나타났다. 거의 한 달 만이었다. 분명히 준호였다. 목마른 사막을 헤매다 신기루를 만난 것 같았다. 속이 후련했다. 그는 이미 내 소식을 알고 있었다. 드디어 그가 내 앞에 섰다. 말없이 나를 바라보았다. 예전에 초등생 소녀를 향해 쏘았던 비수 같은 눈빛이 아니었다. 그렇다고 따뜻한 눈빛도 아니었다. 감정 정리가 안 되는 아주 혼란스러운 것 같은 애매모호한 것이었다. 그는 간신히 교회 청년부의 한 일원으로서 새 신자를 바라보기 시작했다. 나야말로 막상 그를 대하자 말문이 막히고 말았다. 얼마나 시간이 흘렀을까, 그가 먼저 말문을 텄다.

"이함?"

그가 내 이름을 부르다니, 경이로웠다. 그가 내 이름을 기억하고 있다는 것 자체가 눈물겹도록 고마웠다.

"벌써 대학생?"

그가 또 말을 했다. 나는 아직 호흡 조절이 안 된 상태에서 겨우 고개를 끄떡였다.

"전혀 모르겠는데, 사람이란 참 신기하군."

신기한 건 나였다. 그는 흔히 말하는 금수저를 물고 나온 귀공자처럼 보였다. 때마침 창문으로 새어 들어온 햇빛에 그의 얼굴이 빛났다. 머리에 황금 관만 씌워 주면 왕자가 될 것 같았다. 마른 체구지만 균형 잡힌 몸매에 키가 컸다. 지금으로 치면 가수 비와 흡사했다. 순간 '무얼 먹고 저렇게 키가 컸으며 하얀 살빛에 흠잡을 데 없는 남자가 됐을까?' 하는 의문이 들었다.

한편으로는 우리 집 제사음식을 개에게 던져 준 그의 마음 속에 나란 존재가 있을 턱이 없을 것이며, 내 이름조차 기억하지 못할 거라고 생각했던 나는 기도할 때처럼 울컥 눈물이 솟구쳐 올랐다. 눈물이 그만 눈가로 흘러나오고 말았다. 그의 얼굴에 당황한 빛이 역력했다. 그때 윤태영이 다가왔다.

"고향 사람이 좋긴 좋은가 보군, 눈물까지 흘리는 걸 보니."

윤태영의 말에 그가 조금 웃었다. 웃음기가 번진 그의 얼굴이 '매력이란 이런 것인가' 할 정도로 신비스러웠다. 그의 말대로 사람이란 참 신기하다는 생각이 들었다. 그에 대한 신기함은 분명 기쁨이었다. 나는 기쁜 마음으로 준희 소식을 물었다.

"준희 잘 있죠?"

"음……."

그는 잠시 망설이더니 입을 열었다.

"여고 1학년쯤 됐지."

"벌써?"

그럴 것이었다. 내가 중학교 1학년 때 준희는 초등학교 5학년이었다. 그런데 여고 1학년이면 1학년이지, 1학년쯤이라는 말이 이상했다. 고등학교에 진학하지 못했다는 걸 짐작했다. 학교에 대해서는 더 이상 질문을 할 수가 없었다.

"준희도 교회에 나오겠죠?"

"갠, 한 달에 두 번밖에 못 나와. 일요일에도 일을 할 때가 있으니까."

준희가 공장에 다닌다는 것도 안타까운데, 일요일에도 일을 한다는 말에 가슴이 아팠다. 정말 옛날처럼 가슴이 아프기 시작했다. 분위기가 다시 무거워졌다. 준희 소식은 그쯤에서 접고 말았다. 대신 집을 알고 싶었지만 함부로 물어볼 수가 없었다. 다행히 교회는 교인끼리 형제자매라 부르면서 집은 물론 가정 형편까지 소상히 파악하고 있었다. 주일마다 결석자를 체크해 결석 이유를 반드시 알아냈다. 그래서 교회가 도울 일이 있으면 도우면서 관리를 하는 것이었다.

청년부에서 준호네 집을 알고 있었다. 청량리 후미진 곳에서 살고 있었다. 집 옆으로 시궁창 같은 검은 개천이 흐르고 검은 물에서 역한 냄새가 올라왔다. 개천을 따라 온갖 잡동사니 물건을 파는 허름한 가게가 즐비하게 늘어서 있고, 가난한 사람들이 모여 물건을 사고팔았다. 아줌마들은 개천을 등지고 앉아 푸성귀, 두부, 콩나물 따위를 가지고 나와 팔고 있었다. 옛날 고향에서 준호를 만나기 위해 준호네 집을 배회했던 것처럼 청량리 준호네 집을 배회했다. 준호네는 낡은 기와집에 세 들어 있고, 집은 대문이 언제나 잠겨 있었다. 고향에서처럼 담으로 들여다볼 수도 없었다. 그냥 막연히 서 있을 수밖에 없는데 어느 날 준호 어머니가 집에서 나와 기역자로 굽은 몸으로 개천가에 콩나물 좌판을 벌이는 것이었다. 집에서 콩나물을 길러 내다 파는 것이었다. 그곳에 마침 헌책방이 줄지어 있어서 나는 헌책방에 가는 것처럼 다니면서 오랫동안 준호 어머니를 바라보았다. 콩나물은 잘 팔리지 않았다. 기역자로 굽은 허리가 아픈지 자주 심호흡을 펴내며 허리를 만졌다. 나는 콩나물을 남들보다 서너 배씩 더 많이 사가지고 돌아서곤 했다. 그럴 때마다 준호 어머니는 고맙다는 말을 빼놓지 않았다. 고향에서도 나를 제대로 보지 못했던 탓에 준호 어머니는 성인이 된 나를 알아보지 못했다.

준희를 만난 건 두 달 후였다. 준호 말대로 준희는 한 달에 두 번 교회에 출석했다. 준희는 나를 보더니 눈물이 글썽해졌다. 훌쩍 커 버린 준희를 보자 이번에도 무얼 먹고 자랐을까? 라는 의문이 들었다. 정말 그들이 무얼 먹고 사는지 그게 가장 궁금했다. 그렇다고 대뜸 어떻게 살아? 하고 물어볼 수도 없었다. 이제 준희는 숙교 아래 냇가에서 빨래하는 어린 소녀가 아니었다. 준희의 자존심을 생각해 먹고사는 문제는 함부로 물어볼 수가 없었다.

"힘들지?"

나도 모르게 그런 질문을 하고 말았다. 준희는 쌩긋 웃고 말았다.

"오빠한테 들었어요. 언니 법대에 다닌다는 거. 그것도 우리나라에서 최고인 S대학에."

"준희도 나중에 그런 대학 갈 수 있으니까 열심히 해."

"내가 어떻게요. 죽었다 깨어나는 게 더 쉽지."

"기도하면 이루어질 수 있을 거야. 준희는 착하고 아름다운 사람이니까 하나님이 준희 소망을 들어주실 거라고 믿어."

나는 당장 준희의 사정은 알 수 없었지만 준희가 꼭 대학에 가기를 바라는 마음으로 그렇게 말했다. 준희는 고개를 살래살래 흔들며 어림없다는 표정을 지었다. 더 이상 그런 말을 했다가는 오히려 준희를 우울하게 만들 것 같아 그만두고, 대신 추억을 꺼냈다.

"난 준희가 준 조약돌 아직도 갖고 있는데, 준희는?"

"정말요?"

준희가 깜짝 놀랐다. 깜짝 놀라는 준희를 바라보며 괜한 말을 했다는 생각이 들었다. 준희는 버렸을 수도 있기 때문이었다.

"난 언제나 갖고 다녀요. 이것 봐요."

놀랍게도 준희는 가방에서 내가 준 조약돌을 꺼내 보여 주었다. 틀림없이 내가 준 것, 별로 예쁘지 않은 조약돌이었다.

"이상해요. 마치 부적을 몸속에 품고 다니는 사람들처럼 이걸 간직하고 있으면 마음이 든든해지지 뭐예요. 언제나 언니가 내 마음속에 있는 것처럼, 엄마가 버리라고 해도 안 버렸어요. 엄마에게 그랬죠. 언니가 준 조약돌이 나를 지켜 준다고. 그래도 엄마는 쓸데없는 돌멩이라면서 자꾸 버리라고 해요."

준희는 아무 뜻 없이 자연스럽게 말했지만 준희의 말을 듣고 나자 기쁘기도 하고 한편으로는 충격이기도 했다. 준호 어머니가 내가 준 조약돌을 버리라고 한 것과 준호가 군수 댁 제사음식은 개나 주어야 한다는 말이 일치한 탓이었다.

준희도 매일매일 일상이 준호만큼이나 힘들기는 마찬가지였다. 창백해 보이는 얼굴에 피곤이 늪처럼 깔려 있었다. 준희는 평화시장 옷 만든 공장에서 일하고 있는데 미싱사가 되는 게 꿈이라고 했다.

"미싱사?"

"미싱으로 옷을 박는 일인데, 옷 만드는 제품공장에서는 남자는 재단사가 되는 게 꿈이고 여자는 미싱사가 되는 게 꿈이에요. 그렇게만 되면 최고가 되는 거니까."

"그럼 준희는 지금 무슨 일을 하고 있어?"

"시다예요. 미싱사가 옷을 박아 내면 실밥을 따면서 잘못

박힌 게 없는지 조사하는 일인데 나는 시다 중에서 일을 제일 잘한다는 칭찬을 받고 있어요. 손이 빨라서 다른 시다들보다 두세 배나 빨리 하니까요."

준희는 손이 빠르다는 말을 강조하면서 자부심에 차 있었다. 어려서 손아귀가 찢어지도록 비누를 문지르며 빨래하던 생각이 떠올랐다.

"그래, 다행이다. 무엇이든 남보다 잘하는 게 좋겠지."

"어려서부터 빨래를 열심히 한 덕분일걸요. 그런데 손가락에 훈장이 또 하나 늘었어요. 이거 봐요."

준희는 나이에 비해 크고 거친 손을 내 앞으로 내밀며 웃었다. 그리고는 두 번째 손가락과 가운데 손가락 매듭을 보여 주었다. 가위에 눌린 매듭이 굳은살로 변해 딱딱했다.

"그럼 미싱사가 되려면 얼마나 걸려?"

"보통 10년쯤 걸린대요. 빠르면 8년 걸리고."

"빨라야 8년이라고?"

내 입에서 한숨이 터져 나왔다. 고향에서 준희가 소를 키울 때가 떠올랐다. 그때 송아지 한 마리 갖기까지 3년이 걸린다고 했는데 이젠 미싱사가 되기 위해서는 10년에서 8년을 기다려야 할 것이었다.

나는 준희가 도대체 어떤 곳에서 어떤 일을 하는지 궁금해 어느 날 준희를 따라 나섰다. 공장이라면 넓고 큰 건물에 기계가 돌아가는 그런 규모를 상상했는데, 준희를 따라 들어선 평화시장은 학교처럼 길게 지어진 3층 건물이었다. 1층은 제품 공장에서 만들어 낸 옷을 파는 도매시장이고 2층, 3층은 제품 공장이었다. 공장은 학교처럼 복도를 사이에 두고 양쪽에서 칸칸마다 옷을 만들고 있었다. 복도는 대낮인데도 불이 켜져 있을 정도로 어두웠다. 라디오에서 남진의 '님과 함께'와 나훈아의 '고향역'이 울려 퍼지는가 하면, 한여름 매미가 여기저기서 울어대듯이 전기 모터 돌아가는 미싱 소리가 드르륵 드르륵 요란하게 울렸다. 준희를 따라 준희가 일한다는 공장 내부로 들어갔다. 들어서자마자 복잡다단한 공간 때문에 숨이 막혔다. 공장 내부는 다시 중간 층 다락을 만들어 놓았고, 다락으로 올라가는 실내 사다리가 있었다. 다락에서는 재단을 하고 아래서는 미싱사들이 빙 둘러 설치되어 있는 미싱에 앉아 옷을 박고 있었다. 그리고 옆에는 산더미처럼 박아 놓은 옷이 쌓여 있고 준희가 말한 시다들이 그것들을 끌어안고 실밥을 따면서 옷을 살피는 것이었다. 시다들은 모두 준희 또래의 중고교생 나이밖에 안 돼 보이는 소녀들이었다. 소녀들은 학교 대신 제품 공장에서 실밥을 따고 있었다. 미싱사도 시다들도 모두 얼굴이 퉁퉁 부어 있었다. 소녀들이 실밥을 따면서 옷을 훨훨 털 때마다 닭이 홰를 칠 때 흙먼지가 날아오르듯 먼지가 날아올랐다. 나는 재빨리 손으로 입을 막으며 숨을 참았다.

"언니, 빨리 나가요."

준희가 나를 이끌고 복도로 나왔다. 복도로 나와 참았던 숨을 펴냈다. 사실 먼지는 복도로 다 흘러나오는데도 마치 먼지 구덩이에서 빠져나온 것처럼 숨을 쉰 것이었다. 문득 전태일이 떠올랐다. 여공들의 열악한 환경과 근로기준법을 위반하는 노동 현실을 탓하면서 "우리는 기계가 아니다. 일요일은 쉬게 해 달라. 근로기준법을 지키라"고 외치며 분신자살한 재단사 전태일이 일했던 곳이 바로 평화시장이었다.

"아, 그 전태일이 여기서 일했었구나."

"올해가 6주년인데 11월에 추모 행사를 할 거라고 준비하고 있어요."

"전태일이 죽고 나서 달라진 게 있어?"

"나는 잘 모르지만 미싱사 언니들 말에 의하면 많이 달라졌다고 해요. 옛날에는 아침 8시부터 일을 시작해 밤 9시에 끝났는데 이젠 반대로 아침 9시부터 시작해 밤 8시에 끝난 것만 해도. 그전에는 일요일에도 무조건 일했는데 이젠 선택제이고요."

"선택인데 준희는 왜 일요일에도 일을 하지?"

"미싱사가 놀아야 나도 놀 수 있어서 그래요. 미싱사들은 자기가 하는 대로 벌기 때문에 대부분 일요일에도 쉬지 않고 일을 하거든요. 내가 한 달에 두 번만 교회에 나간 것도 그래서예요."

"아, 그렇군. 그럼 월급은? 월급은 만족할 만큼 줘?"

나는 결국 준희의 삶에 끼어들고 말았다.

"월급요? 월급은……, 교통비 정도예요."

준희는 말하기가 거북스러운 듯 망설이더니 겨우 말했다.

"교통비 정도?"

"기술을 배우니까요."

"기술 배우는 걸로 월급을 때운다? 그럼 기술은 언제 배워? 일요일에도 쉬지 않고 일한다면서 언제 가르쳐 주고 배우냐구?"

"가르쳐 주는게 아니라, 어깨 너머로 배워야 해요. 미싱사가 없을 때 몰래 해 보는 게 배우는 거예요."

"말도 안 돼. 그런 법이 어딨어."

"미싱사 언니들도 다 그렇게 배운 거래요. 여긴 다 그래요. 참, 학원에서 배워 온 사람도 있기는 해요."

"그럼 준희도 학원엘 다니지 그래. 그럼 빨리 미싱사가 될 수 있잖아."

"그렇지 않아요. 학원에서 배워 온 사람도 우리처럼 시다를 거치지 않으면 미싱에 앉을 수 없어요. 여기서는 직접 옷을 만드는 과정을 한 땀 한 땀 눈으로 보면서 배우지만 학원에서는 가짜 옷을 만들면서 배우니까 우리와 천지 차이예요. 그래서 학원 출신들은 알아주지 않아요. 장인정신이 없다고 보기 때문에."

"장인정신?"

"오래오래 몸으로 직접 체험하면서 배워야 진짜 기술자가 된다고 보는 거죠."

나는 준희가 말하는 장인정신에 동의할 수 없었다. 그건 노동력을 착취하기 위한 일종의 변명에 불과하기 때문이었다.

"그럼 미싱은 언제 어떤 방법으로 해 보는 거지?"

"미싱사가 자리를 비울 때나 점심 먹는 시간에 재빨리 밟아 봐요. 그러다 들키면 혼나가면서."

준희는 나에게 자랑이라도 하려는 듯, 마침 미싱사가 자리에 없자 모터에 발을 올리고는 드르륵 밟았다. 미싱 바늘이 무서운 속력으로 움직였다. 영 점 영영 초만 빗나가도 손톱 부분 손가락이 뚫린다면서 준희는 그동안 쌓은 실력을 과시했다.

"미싱 바늘에 손가락이 백 번쯤 뚫려야 고지에 오른대요."

정말 번개처럼 움직이는 미싱 바늘이 준희의 손가락을 천과 함께 박아 버릴 것만 같아 숨을 쉴 수가 없었다. 준희는 용케도 손가락을 박지 않고 천을 박아 내렸지만 가슴이 뛰면서 불안하기 짝이 없었다. 시다 생활을 한 지 3년이 됐다는 준희는 정말 미싱에 앉혀 준다면 당장 상품으로 나갈 옷을 만들 수 있는 실력처럼 보였다. 그렇지 않아도 준희는 이미 상품으로 나갈 옷을 박고 있었다. 그런데 미싱사가 턱 들어서자 준희는 도둑처럼 후다닥 일어나 미싱을 정리하는 척하는 것이었다.

"도둑기술을 배우다니!"

내 입에서 한숨이 터져 나왔다. 서당 개 3년이면 풍월을 읊는다는 옛말과 같은 식이었다. 정말 3년쯤이면 능히 할 수 있는 일을 두 배 세 배로 세월을 늘려 잡아 사람을 붙들어 매는 것이었다. 전태일의 분신자살이 이해가 갔다. 그곳엔 꿈이 없었다. 몰래 눈치 봐가면서 10년 동안 도둑질을 하듯 미싱을 배워야 미싱사가 된다는 말은 인생의 황금기를 고스란히 도둑질 당한다는 설명이었다.

"미싱사만 되면 고생 끝. 돈 많이 벌거든요. 집을 산 미싱사도 있어요."

준희는 시다 일을 한 지 3년이 되었으니 앞으로 5년 정도만 더 하면 미싱사가 되어 집안을 일으켜 세울 수 있다는 희망에 부풀어 있었다.

"내가 돈 벌어서 오빠와 준수 대학 보내 줄 거예요. 여기 미싱사 언니들도 돈 벌어서 오빠나 동생들 공부시키거든요."

나는 마치 위장취업을 하듯 종종 제품공장을 찾아가 준희를 도왔다. 과연 준희가 미싱사가 되기 위해 인생의 황금기를 그곳에 바칠 만한 것인지 어떤지를 제대로 판단하기 위해서였다. 다행히 눈코 뜰 새 없이 바쁜 제품공장에서는 누가 와서 일을 돕든 상관하지 않았다. 나는 준희가 시킨 대로 가위를 들고 옷에 거미줄처럼 달려 있는 실밥을 따고, 준희는 옷을 하나 하나 검사한 다음 개켜 쌓았다. 개켜 쌓아 놓은 옷을 다리미질 하는 남자들이 거둬다가 다려서 출고하면 끝이었다. 일을 하면서 하루 종일 듣는 건 드르륵거리는 모터 소리와 대중가요뿐이었다. 글 한 줄 읽는다거나 서로 대화를 나눈다거나 잠시 창밖을 내다보며 생각에 잠긴다는 건 상상조차 할 수 없었다. 따지고 보면 점심시간도 없는 거나 마찬가지였다. 부연 먼지 속에서 빵 조각이나 또는 제각각 싸온 도시락을 먹기가 바쁘게 실밥을 따야 했다. 그렇게 쉴 새 없이 일을 하는데도 작업반장이라는 사람이 돌아다니면서 "출고가 코앞이야. 빨리 빨리 해."라며 연신 독촉을 했다. 작업반장이 독촉을 할 때마다 분노가 솟구쳐 올랐다. 그때마다 작업반장을 쳐다보았다. 작업반장도 나를 쳐다보며 고개를 갸웃했지만 나에 대해서는 상관하지 않았다.

시다? 나는 시다라는 말을 골똘히 생각해 봤다. 시다라는 말 자체가 일본 말이었다. 일제강점기 때 일제가 우리 국민을 시다로 부리면서 착취했던 느낌을 지울 수가 없었다. 나는 결국 준희를 제품공장 시다로 방치해서는 안 된다는 생각에 이르렀다. 낮에 일을 하고 밤에 야간학교에 다닐 수 있는 길을 찾기로 했다. 때마침 내가 자주 찾는 종로서적에 갔다가 '여점원 구함'이라는 구인광고를 보게 되었다. 그런데 준희가 망설였다. 시다 경력 3년이 아까운 탓이었다. 자기 실력은 이미 옷을 만드는 수준에 이르렀고, 앞으로 5년만 흘러가 주면 미싱사가 될 자신이 있다면서 머뭇거렸지만 나는 단호하게 준희를 끌고 서점으로 갔다.

"책 제목만 읽어도 십 년이면 다른 세계를 보게 될 거야."

서점은 일요일마다 쉬고 밤에 학교에도 갈 수 있다고 했다.

그렇게 해서 준희는 서점에서 일하면서 야간 여상에 입학할 수 있었다. 교회 출석도 주일마다 가능했다.

교회생활이 갈수록 즐거웠다. 준호와 준희를 만나는 재미에 나는 한 주도 빠지지 않았다. 윤태영이 나와 같은 학교에 같은 법대라는 것도 커다란 도움이 되었다. 윤태영은 나에게 공부에서부터 교회생활까지 도움을 주려고 애썼다. 성경에 재미를 붙이는 것도 윤태영 덕분이었다. 윤태영은 어느 날 철학자 겸 신학자인 마틴 부버의 책을 나에게 내밀었다. 부버의 말을 이해하기는 어려웠지만 친절한 윤태영의 권유를 기꺼이 받아들였다.

"성경이 당신에게 완전히 생소한 책이라 하더라도 그것을 읽어라. 당신과 직접적인 관련이 없더라도 읽어라. 성경을 읽다가 당신 안에 어떤 감정이 일어난다면 그것을 그대로 받아들여라. 성경에 적힌 어떤 문구가, 어떤 이미지가 당신을 압도적으로 감동시킬지 모르니 항상 마음을 열어두라……."

윤태영은 지혜로운 판사가 되려면 '반드시' 성경을 읽어야 한다고 강조했다. 솔로몬에 비유되는 명판결은 차치하고 인간 문제를 판결해야 하는 판사야말로 가장 지혜로운 자가 되어야 한다는 것이었다. 성경은 스토리이면서도 문학 작품과 달리 인간의 감정이나 생각을 파헤치지 않았다. 서술자가 비평이나 의견을 드러내지도 않았다. '단지 인간의 행동을 나열할 뿐'이었다. 어떤 특정 사건에 대해 반복적으로 기술하기도 하고, 어떤 사건은 너무 간단하게 다루기도 하고, 어떤 대목은 오랜 시간을 뛰어넘기도 했다. 부버는 이것을 독자에 따라 각각의 해석과 생각을 도출하도록 유도하기 위해서라고 했다. 다만 성경에 적힌 어떤 문구가, 어떤 이미지가 자신을 압도적으로 감동시킬지 모른다면서 성경을 읽다가 어떤 감정이 일어났을 때 그것을 그대로 받아들이는 것이 성경을 읽는 가장 좋은 방법이라고 했다.

윤태영은 성경을 읽으면서 인간의 감정에 대해 나름대로 연구한다고 했다. 일반적으로 '법학' 하면 감동과 감정과 무관한 것으로 알고 있지만 법률 문제야말로 인간관계에서 발생하는 감정 문제가 주류를 이루고 있기 때문에, 감정 문제는 감동으로 해결하는 것이기 때문에, 감동은 상대를 설득하는 무기이기 때문에 반드시 감정을 연구해야 한다고 했다. 윤태영의 조언대로 지혜로운 판사가 되려면 감동과 감정의 형태를 중요시해야 할 것이었다. 나도 윤태영처럼 성경을 통해 나를 압도시킬 감동을 만나고 싶었다.

준호의 성경 읽기는 우리와 급이 달랐다. 윤태영도 성경에 대해서는 준호에게 물어볼 정도였다. 성경에 열중한 탓인지 준호는 성경대로 산다는 평을 받았다. 성경대로 산다는 것은 경건주의자라는 말이었다. 담배는 물론 술 한 모금 마시지 않았다. 그런 걸 죄악시했다. 모두 준호는 목사가 될 거라고 했다. 본인도 그걸 부인하지 않았다. 그래서인지 준호는 공장생활만 하던 옛날과 달리 이른 새벽에는 우유배달을 하고, 낮에는 출판사 제본 실에서 일을 하고, 밤에는 학원에 나가 공부를 하고 있었다. 이미 중학교 학력 검정고시는 따냈고, 고등학교 검정고시를 준비 중이었다

"오빤, 종이만 봐도 배가 부르대요."

준희의 말에 의하면 준호는 공부가 하고 싶어 영등포 생산 공장을 그만두고 책 만드는 출판사로 직장을 옮겼다고 했다. 공부에 목마른 탓에 책을 만드는 종이만 봐도 배가 부르다는 말이 측은하게 들렸다. 종이에 베인 손가락은 한두 개씩 늘 밴드가 감겨 있고 무거운 책을 나르는 손목엔 파스가 붙어 있었다. 그러면서도 주일엔 꼭꼭 교회 예배를 보고 청년부에서 봉사를 했다. 우리 세 사람 모두 교회학교 교사를 맡았다. 준호는 초등부, 윤태영은 고등부, 나는 중등부를 맡았다. 분반 실과 시간대는 각자 다르지만 들어가고 나올 때라든지 회의 때 자주 만났다. 그렇게 자주 만나면서도 준호는 나에게 가까이도 멀리도 하지 않았다. 준호의 속마음을 짐작하기 어려웠다. 그러니까 옛날에 나에게 쏘아붙였던 말을 아직도 기억하고 있는지, 아니면 잊어버렸는지 도무지 알 수가 없었다. 나는 지금까지 품고 있었던 그 지독한 의문이, 오히려 준호를 만나자 거짓말처럼 사라져 버리고 말았다. 대신 준호의 진면목을 발견하기 시작했다.

준호는 지금까지 내가 생각했던 비수처럼 날카로운 사람이 아니었다. 그는 교회 청년부에서 가장 인기 있는 사람이었다. 비수처럼 날카로운 사람이라면 누가 좋아할 리 없었다. 여자 청년들이 서로 초등부를 맡으려고 한 것도 준호와 가까이 있고 싶어서였다. 인간이 잘생기고 매력이 있다는 것은 일단 누구에게나 호감을 사게 마련이다. 재판을 할 때도 가끔 그런 적이 있었다. 사건 기록을 보면서 사건에 따라 범법자의 인상이 상상되기 마련인데, 같은 죄를 지었더라도 범법자의 인상에 따라 느낌이 달랐다. 물론 그런 느낌이 재판에 영향을 주지는 않지만 "저런 사람이 어쩌다가?"라는 식의 동정이 가는 것은 사람으로서 어쩔 수 없는 감정이었다. 부모 입장에서 같은 자식이라도 잘생긴 자식에게 더 마음이 간다는 통계도 있듯이 인간은 잘생긴 사람에 대한 호감은 숨길 수 없는 감정임에 틀림없었다.

"준호 때문에 우린 말씀이 아니야. 질투 나서 살겠나구."

"확실히 준호는 외모뿐만 아니라 사람을 끄는 무언가가 있다니까."

남자 청년들이 농담조로 말했지만 진담 같았다. 남자 청년들 말처럼 나 역시 여자 청년들이 준호 형제, 준호 형제, 하며 졸졸 따라 붙을 때면 은근히 질투가 났다.

한편으로 준호는 젊은 철학자처럼 보이기도 했다. 사색적인 눈과 일자로 다문 입이 지조가 곧아 보인 탓이었다. 평소 말을 하지 않을 때는 평생 말을 하지 않을 것처럼 보였지만 말을 하기 시작하면 은근히 귀를 기울이게 만들었다. 교회학교 수업도 아이들이 쏙 빠져들게 만들었다. 가끔 초등부 아이들과 수업하는 걸 몰래 지켜보곤 했다. 그는 수업을 시작하기 전에 반드시 구약성경 창세기 4장에서 인간이 최초로 살인범죄를 저지른 가해자 가인과 피해자 아벨 이야기를 해주었다. 가인은 자기 이름 첫 자처럼 '가'짜의 마음으로 선물을 하나님께 드렸기 때문에 하나님이 받지 않았고, 아벨은 자기 이름 첫 자처럼 '아'름다운 마음으로 선물을 드렸기 때문에 하나님이 기쁘게 받으셨다면서 우리도 하나님께 아벨처럼 아름다운 마음을 선물로 드리자며 수업을 진행했다. 아이들이 기억하기에 재미있는 표현이었다.

그는 한 가지 주제를 선정하여 토론식 수업을 했다. 예를 들면, 구약성경에서 이삭의 장자 에서가 팥죽 한 그릇에 동생 야곱에게 장자권을 팔아버린 것을 어떻게 생각하느냐? 라든지 엄마 리브가가 야곱의 몸에 양털을 붙여 장자 에서처럼 꾸며 눈먼 아버지로부터 축복을 받게 한 것을 어떻게 생각하느냐는 식이었다. 성경을 함부로 해석하는 걸 두려워하는 교회와 전혀 다른 태도였다. 아이들은 팥죽 한 그릇에 장자의 권리를 판 것은 남자답지 못하며 장차 큰일을 할 수 없다고 했다. 그리고 리브가가 야곱을 장자처럼 꾸민 것은 속임수이기 때문에 찬성할 수 없다고 했다. 그런가 하면 에서가 욕심이 없는 순수한 사람이라고 평가하기도 했다. 또 어떤 아이들은 일생을 좌우하는 축복을 따내기 위해서는 조금 비겁하긴 하지만 야곱처럼 할 수도 있다는 등 저마다 의견을 말하면서 자유롭게 토론을 즐겼다. 다른 반과 대조적이었다. 다른 반은 몸부터 부동자세로 앉아 교사가 열심히 설명하는 것을 그냥 듣기만 하면서 어떤 아이들은 졸고, 어떤 아이는 하품을 하고, 어떤 아이는 자주 시계를 봤다.

성경공부가 끝나면 준호는 아이들과 어울려 장난을 쳤다. 아이들과 함께 마룻바닥에 누워 뒹굴며 깔깔 웃는 모습은 정말 철없는 아이 같았다. 그런 모습을 볼 때마다 놀랍고 믿어지지 않았다. 옛날 나에게 쏘아붙였던 그 눈빛을 도무지 찾아볼 수가 없었다. 나는 의문에서 해방되었고, 마음이 빠르게 준호에게 다가갔다. 그때까지 준호에 대한 호칭이 애매했다. 청년부는 서로 '형제'라고 호칭했지만 나는 그게 잘 되지 않았다. 그렇다고 준희처럼 '오빠'라고 불리지지도 않았다. '지기요'라고 부르기도 하고 '이렇게 봐요'라고도 했다. 너무 불편하고 힘들었다. 그러다가 어느 날 내 입에서 주로 연인끼리 부를 법한 '준호 씨'라는 말이 흘러나왔다.

서로 가까워지는 지름길이 여행이라는 말이 있듯이, 대학 2학년 여름방학 때 교회학교 수련회가 있었다. 우리 청년부는 양평에 있는 청소년수련원으로 아이들을 데리고 떠났다. 2박 3일이었다. 교회를 벗어나자 마치 집을 벗어난 것처럼, 또는 어떤 규율에서 풀려난 것처럼 한결 자유로웠다. 평소와 똑같은 대화를 하더라도 더 정감이 느껴지고 더 감동적이었다. 낮에는 아이들과 함께 예배를 드린 다음 호수에서 수영을 하거나 보트놀이를 하고, 밤에는 게임을 했다. 그리고 취침 전에 모두 함께 통성기도를 하는 순서로 진행되었다. 나는 게임을 할 때마다 준호와 한편이 되었다. 달빛 좋은 밤, 강강술래를 하듯 모두 손을 잡고 돌 때, 우리도 손을 잡아야 했다.

준호가 먼저 내 손을 덥석 잡았다. 순간 그가 처음으로 내 이름을 불렀을 때처럼 꼼짝할 수가 없었다. 뜨거움이 전신으로 퍼지기 시작했다. 마치 오랫동안 기다려 온 갈망이 비로소 이루어진 것처럼 눈물이 핑 돌았다. 준호의 손은 거칠고 묵직했다. 귀공자 같은 얼굴과 정반대였다. 가늘고 연약한 내 손이 나무껍질이나 바위를 잡고 있는 것 같았다. 나는 한시도 쉬지 못했을 그의 손을 생각하는데 열중했다. 강강술래처럼 빙글빙글 돌아가면서 노래를 불렀지만 나는 노래 대신, 어려서부터 이 공장 저 공장을 전전하면서 험한 일을 했을 그의 손이 하는 말을 듣고 있었다. 준호도 가끔 무슨 생각을 하는지, 아니면 나처럼 무언가를 느꼈는지 나를 향해 약간 미소를 띠는 것도 같았다. 그쯤에서 게임이 끝나고 손을 놓아야 했다. 그가 내 손을 놓고 돌아설 때, 나는 이미 그에 대한 애잔함에 젖어 있었고 그런 기분으로 부지불식간에 "준호 씨!"라고 불렀다. 그가 휙, 돌아봤다. 다소 당황한 표정이었다. 얼굴이 붉어진 채 무슨 말인가를 하려다 말고 아이들이 있는 곳으로 뛰어가 버리고 말았다.

다음 프로그램은 기도하는 시간이었다. 확 트인 야외에서 기도하는 건 처음이었다. 나는 아직 통성기도를 할 정도로 신앙적이지 못했다. 미리 준비라도 해 온 것처럼 교사와 심지어 초등생들까지 모두 큰 소리로 "하나님 아버지!"라고 외치며 통성기도를 하기 시작했다. 모두 울부짖었다. 각자 소원을 말하며 소원을 들어달라고 애원하는 것이었다. 나는 고개를 숙인 채 조금 전에 잡았던 준호의 손을 생각했다. 어려서부터 소년가장을 해 온 그의 손이 언젠가는 보상받아야 한다는 생각을 하면서 "이제부터 그에게도 희망이 꽃피게 해 주세요! 부디 역경의 비바람 속을 헤맨 그 거친 손에 승리의 깃발을 쥐어 주세요!"라고 속으로 기도를 하는데 준호의 목소리가 들려왔다. 나는 속으로 하던 기도마저 멈추고 준호의 통성기도에 귀를 기울였다.

"주님께서 당부하신 대로 우리는 그들이 우리의 오른빰을 칠 때마다 왼빰까지 내주었습니다. 주님께서 당부하신 대로 우리는 그들이 우리의 겉옷을 빼앗을 때마다 속옷까지 내주었습니다. 원수가 목마를 때 마시게 하라는 말씀대로 그들에게 넘치도록 마시게 했습니다. 그럼에도 그들은 계속 약한 우리의 목을 조입니다. 입이 있어도 말 못하는 세상, 어쩌다 용기 있는 사람들이 입을 벙긋했다가 붙잡혀 목숨이 위태롭고,

형장의 이슬로 사라지기도 했습니다. 그들은 오로지 권력을 위해 사람의 생명을 위협하거나 죽이고 있습니다. 그들을 언제까지 두고 보시렵니까. 언제까지 그들의 손에 불의한 권력을 맡겨 놓으시렵니까. 도대체 언제까지 선량한 국민의 생명을 마음 내키는 대로 도륙하도록 두시렵니까. 도대체 언제까지……."

준호는 단 한 마디도 자기 자신을 위한 말은 언급하지 않았다. 약자를 위한 기도를 하면서 억울함을 참을 수 없어 큰 소리로 울부짖고 있었다. 그때는 유신정권 시대였고 1972년 개헌된 유신헌법 제53조를 이용해 대통령은 헌법상 국민의 자유와 권리를 잠정적으로 정지시키는 긴급조치 발령 중이었다. 1974년 1월 8일 제1호를 시작으로 제9호까지 나간 긴급조치는 1979년 10월 26일 대통령이 사망하기 전까지 산천초목을 떨게 하고도 남았다.

그러니까 새로 만든 유신헌법을 부정하거나 반대하거나 왜곡하거나 비방하거나 헌법을 다시 개정하자고 하거나 폐지하자고 주장하거나 발의 또는 청원하거나 유언비어를 날조 유포하거나, 이런 것들을 선동하고 선전하거나 방송하거나 신문에 보도하거나 출판하거나 기타 방법으로 이를 타인에게 알리는 행위를 하는 자, 또는 조치를 비방하는 자는 법관의 영장 없이 체포 구속 압수 수색하고 15년 이하 징역에 처하며, 15년 이하 자격정지를 함께 병과할 수 있다고 했다. 그리고 이 모든 것은 비상군법회의에서 심판하여 처단한다고 했다. 또한 민청학련과 이와 관련된 단체와 조직에 가입하거나 활동을 찬동하거나 고무 동조하거나 그들에게 장소와 물건 금품 또는 편의를 제공하거나 문서나 도서나 음반이나 그 외에 출판, 제작, 소지, 배포, 전시, 판매하는 자는 영장 없이 체포하여 비상군법회의에서 사형 또는 무기징역에 처한다고 했다.

이 살벌한 현실에서 그래도 몸부림치는 사람들이 있었다. 중앙정보부가 민청학련을 공산주의자로 몰아붙이면서 1960년대에 벌어진 인혁당을 다시 민청학련과 싸잡아 엮어 마구 잡아들였다. 마치 그물로 물고기를 잡아 올리듯 영장 없이 체포하여 구금하는 사람이 천여 명이 훨씬 넘었다. 그중에서 더러는 사형, 더러는 무기징역을 받았고 사형을 집행당한 사람만 해도 인혁당에서 8명이나 되었다. 이쯤 되자 유신 반대운동이 거의 사라진 듯했다.

그런데 자은 불씨 하나가 다시 불을 붙였다. 부산 중부교회 청년부에서 만든 회지 '책방골목'이 긴급조치 9호를 위반했다는 이유로 중부교회 담임 목사와 청년부 간부 대학생들이 줄줄이 구속되고 말았다. 술집이나 밥집에서 술기운 탓에 유신을 들먹였던 사람들이 어느 날 쥐도 새도 모르게 사라져 버리고 마는 세상에 그들이 만든 회지 머리말은 그야말로 폭탄급이었다. "아프다. 아파도 왜 때리느냐고 반항하지도 못한다. 불쌍한 사람들, 나와 너 똑같이 힘없는 사람들, 우리 약한 힘을 모아 아프다고 고함이라도 질러 보자. 왜 때리느냐고 반항해 보자. 달려들어 같이 치고받고 육탄전이라도 해보자. (…) 이 땅을 사랑하고 이 백성을 사랑하는 사람들이여! 우리 올바른 삶을 위하여 아니 떳떳한 죽음을 위하여 힘써 이 땅의 진정한 자유와 민주주의를 실현시키자. 한국적이니 유신이니 따위는 말고 좀 더 거시적인 안목으로"라고 했던 것은 목숨을 내놓은 저항이었다. 전국 대학생들이 다시 움직이기 시작하고, 교회마다 청년부에서 붙잡혀 간 중부교회 목사와 청년들을 위해 기도하는 중이었다.

준호가 울부짖는 기도는 아버지를 떠올리게 했다. 장준하 선생이 의문의 죽음을 했을 때 한남동 할아버지를 찾아와 항의하던 일이 떠올랐다. 아버지가 학교를 그만둔다고 했을 때 우리 할아버지와 언쟁했던 일도 떠올랐다. 준호가 억울해하는 것과 아버지가 억울해하는 것이 오버랩되면서 나는 그만 숙연해지고 말았다. 그리고 그날 이후 마치 바람이 몰아다 준 것처럼, 누가 하나하나 자세하게 읽어 준 것처럼 그의 기도 소리가 내 귀에서 맴돌았다. 그럴 때마다 가슴이 서늘해졌다. 가슴이 서늘해진 것은, 어릴 때 그가 나에게 쏘아붙였던 말이 다시 떠오른 탓이었다. 준호가 그들이라고 지칭하는 무리 속에 우리 할아버지가 포함된 것만 같은 생각 때문이었다.

박정선

박정선 작가는 소설가, 시인, 문학평론가로 활동하고 있으며 숙명여자대학교 대학원 국문학과를 졸업했다.

소설로 영남일보 신춘문예 당선, 심훈문학상, 영남일보문학상, 해양문학상 대상, 한국해양문학상 대상, 아라홍련문학상 대상, 천강문학상, 김만중 문학상 등을 수상했다.

장편으로 『수남이』(2006년 한국예술위 창작지원 선정), 『백 년 동안의 침묵』(2012년 문광부 우수교양도서 선정), 『동해아리랑』(한국해양문학상 대상 작품), 『가을의 유머』, 『새들의 눈물』(김만중 문학상), 『남태평양엔 길이 없다』(한국해양문학상 우수) 등이 있으며 소설집으로 『청춘예찬 시대는 끝났다』(2015년 우수출판콘텐츠 선정) 『내일 또 봐요』, 『와인파티』, 『변명』, 『표류』 등이 있다.

시집으로는 『바람 부는 날엔 그냥 집으로 갈 수 없다』외 10권을 출간했다. 이 외에 에세이집 『고독은 열정을 창출한다』, 평론집 『사유와 미학』, 연구서 『인간에 대한 질문-손창섭론』, 『해방기소설론』, 『오영진론-현대장르』 등이 있다. 명진초등학교(부산) 교가를 지었다.

:: 산지니 · 해피북미디어가 펴낸 큰글씨책 ::

문학

유산(전2권) 박정선 장편소설
신불산(전2권) 안재성 지음
나의 아버지 박판수(전2권) 안재성 지음
나는 장성택입니다(전2권) 정광모 소설집
우리들, 킴(전2권) 황은덕 소설집
거기서, 도란도란(전2권) 이상섭 팩션집
*2018 이주홍문학상 선정도서

폭식광대 권리 소설집
생각하는 사람들(전2권) 정영선 장편소설
삼겹살(전2권) 정형남 장편소설
1980(전2권) 노재열 장편소설
물의 시간(전2권) 정영선 장편소설
나는 나(전2권) 가네코 후미코 옥중수기
토스쿠(전2권) 정광모 장편소설
*2016 세종도서 문학나눔 선정도서

가을의 유머 박정선 장편소설
붉은 등, 닫힌 문, 출구 없음(전2권)
김비 장편소설

편지 정태규 창작집
*2015 세종도서 문학나눔 선정도서

진경산수 정형남 소설집
노루똥 정형남 소설집
유마도(전2권) 강남주 장편소설
*2018 대한출판문화협회 청소년도서

레드 아일랜드(전2권) 김유철 장편소설
화염의 탑(전2권)
후루카와 가오루 지음 | 조정민 옮김

감꽃 떨어질 때(전2권) 정형남 장편소설
*2014 세종도서 문학나눔 선정도서

칼춤(전2권) 김춘복 장편소설
목화-소설 문익점(전2권) 표성흠 장편소설
*2014 세종도서 문학나눔 선정도서

번개와 천둥(전2권) 이규정 장편소설
*2015 부산문화재단 우수도서

밤의 눈(전2권) 조갑상 장편소설
*제28회 만해문학상 수상작

사할린(전5권) 이규정 현장취재 장편소설
테하차피의 달 조갑상 소설집
*2011 이주홍문학상 수상도서

모녀5세대 이기숙 지음
무위능력 김종목 시조집
*2016 부산문화재단 올해의 문학 선정도서

금정산을 보냈다 최영철 시집
*2015 원북원부산 선정도서

인문

공자와 소크라테스 이병훈 지음
깨달음 김종의 지음
효 사상과 불교 도웅스님 지음
지역에서 행복하게 출판하기 강수걸 외 지음
재미있는 사찰이야기 한정갑 지음
귀농, 참 좋다 장병윤 지음
당당한 안녕-죽음을 배우다 이기숙 지음
한 권으로 읽는 중국문화
공봉진 · 이강인 · 조윤경 지음
*2010 문화체육관광부 우수학술도서

차의 책 The Book of Tea
오카쿠라 텐신 지음 | 정천구 옮김

불교(佛敎)와 마음 황정원 지음
논어, 그 일상의 정치(전5권)
중용, 어울림의 길(전3권)
맹자, 시대를 찌르다(전5권)
한비자, 난세의 통치학(전5권)
대학, 정치를 배우다(전4권)